我的爸爸阎肃

阎宇 著

团结出版社

图书在版编目 (CIP) 数据

我的爸爸阎肃 / 阎宇著. – 北京：团结出版社，2007.3

ISBN 978-7-80214-272-5

Ⅰ.我… Ⅱ.阎… Ⅲ.阎肃—生平事迹 Ⅳ.K825.76

中国版本图书馆 CIP 数据核字（2007）第 024378 号

出版：团结出版社
（北京市东城区东皇城根南街 84 号 邮编：100006）
电话：（010）65133603 65238766 85113874（发行部）
　　　（010）65228880 65244790（总编室）
　　　（010）65244792 65126372（编辑部）
网址：http://www.tjpress.com
E–mail: 123456@tjpress.com（出版社） 65228880@tjpress.com（投稿）
　　　　65133603@tjpress.com（购书） 65244790@tjpress.com（投诉）
经销：全国新华书店
印刷：三河市东方印刷厂
装订：三河新兴印装有限公司

开本：170×230 毫米 1/16
印张：12.5
字数：165 千字
印数：8000 册
版次：2007 年 4 月 第一版
印次：2007 年 4 月 第一次印刷

书号：ISBN 978-7-80214-272-5/K·405
定价：28.00 元（平）
　　　（如有印装差错，请与本社联系）

目 录

I

目录

目 录

我的爸爸是阎肃，挺有名的。

因为他这名字，小时候可没少让我头痛。那年代在中国的街道上，没有广告牌，有的只是标语牌，大多数还就只是那八个大字：团结、紧张、严肃、活泼。小孩子们呢，也没有其他本事，遇到别的小孩儿家长的姓是跟"名词"或常用词谐音的，或怪点儿的，他们就能反复不停地喊叫个没完。比如姓石的基本上就被冠以"石灰婆"了，你要不拿出点儿强有力的方法制止，他们能喊上一年。

"严肃活泼！严肃活泼！"知道我爸爸名字的那些孩子，一见我就喊。为这事儿，我没少和他们打架。我每次因为这个打架而被老师罚站时，心里准嘀咕：爸爸可真坏，干嘛叫这么个名字啊。而且哪儿一出事，广播里还准要说：一定要严肃处理！您忙得过来吗？

这给我的童年惹下了不少麻烦的名字，是爸爸参加革命后自己起的。他原名叫阎志扬。

爸爸是家里的长子，按老辈排是"志"字辈的，他下面有一弟弟，一妹妹，又一弟弟。二叔阎志强，姑姑阎志翔，四叔阎志刚。扬、强、翔、刚，真有些抑扬顿挫，不过也够拗口的。

爸爸在外面很少提及他的家庭，其实在家里说得也不多。我就敢说，我姐姐肯定不知道我爷爷叫什么名字，是什么样的一个人。

小时候第一次听爸爸提起他爸爸，是因为有一次肯定又是我犯了什么错误，在妈妈的严厉训斥下仍死不承认，拒不悔改。爸爸正好走过来，摆出一副假装和我是"一头儿"的姿态说："我小时候有一次考试没考好，因为老是跑出去唱戏玩儿，结果没考第一，心想这回肯定得挨打了，我就主动举着根棍子，走到你爷爷面前说：'爸，我错了，你打我吧。'你爷爷一看，这么主动认错，大手一挥：'算了，以后要考好！'一场打没了。"爸爸说完这段经历，脸上还露出些得意之色，好像是他外交史上的开山之作。我听他讲完就说："噢，那你也像爷爷那样说算了，我就承认。"

对于爸爸的家庭及童年生活真是知之不多，只能靠一些碎片般的回忆，大致勾勒一下。

1. 爷爷年轻时，因能跨马提缰一跃而过家乡的护城河，而闻名十里八乡。

爸爸1930年出生，爷爷阎襄臣，奶奶陈亚贤。

爷爷出身于河北农村一富足家庭，但到他出生时，也已近破落了。爷爷体格强壮，尚武之人。年少时就常在自家院落里练石锁，因能跨马提缰一跃而过保定府的护城河，而闻名于十里八乡。

我曾见过爷爷的一张照片，顶缨戎装，煞是威武。爷爷早年从军，曾在某"军阀"部队的骑兵团干到过团长，又加入过北伐军任军官，后因对时政不满，弃武经商，到40岁才回家乡娶妻。

奶奶家是中农，和爷爷是同乡。奶奶自小聪明伶俐，非常善良，又颇有志气，曾说："要娶我必须得用八抬大轿，雇不起者，甭想！"爷爷解甲归田时，奶奶已经26岁了，这在当时已属于非常之大龄了，可见奶奶个性之强。后来爷爷果然用"八抬大轿"迎娶了奶奶，在他老人家41岁时，奶奶为她生了个头生儿子，就是我爸爸，真正是中年得子。但爷爷对爸爸却并不一味溺爱，管教甚严，大有练兵之式。

爸爸很早就能开口说话，又开始学习读书、写字，爷爷做些生意，一家人过得倒也其乐融融，很快又有了我二叔。爸爸7岁时，抗日战争爆发了，河北很快失守。

为躲避战乱，爷爷带着一家老小，逃难到武汉。在那里，爷爷又开始做些小生意，日子还算过得去，但随着日军南下，全家只得又开始逃难，直到了重庆郊外。

因爷爷、奶奶都是天主教徒，刚到重庆时，就先借住在市郊一所教会的一套小院落里。谁承想，刚住下就赶上日军对重庆进行连续大轰炸，城里城外，火海一片。爷爷家被炸得片瓦无存，幸亏爷爷、奶奶临危不乱，带着孩子们跑得快，虽然家被炸毁，但人还都在。据说爷爷半生的积蓄、家当全毁于那场轰炸。

当时行伍出身的爷爷哭了。爸爸曾说，一辈子只见爷爷哭过那一回，看见爷爷掉眼泪，比轰炸、大火还要让他难过得多。的确，一家人一无所有了，可怎么办呢。奶奶却没掉一滴眼泪，只是看着怀里的二叔慢慢地说："会好的，会过去的……"

此后，一家人开始了艰苦的生活，爷爷每天带着我二叔到市里找工作，奶奶则替栖身的修道院浆洗衣裳，并帮着神父干些杂活。但爷爷很重视孩子的教育，再困难也要我爸爸继续读书。就这样，爸爸开始在修道院里念书，当时住的地方叫慈母山，姑姑后来也是在那里出生的。

爸爸从那时开始，每天下课后，要捡煤渣、拾柴禾，并帮着照看弟弟、妹妹。就在这种艰苦条件下，爸爸还总是考第一，而且他那深不可测的古诗词底子，竟然是在这所教会学校打下的，真有点不可思议。我从未见过像我爸这么熟念唐诗、宋词的，只要你随便找首唐诗，念出上句，他立即就能接出下句。时至今日，76岁高龄仍能如此，不得不服。

教会学校里有很多外国神父，爸爸因功课好，深得他们喜爱。也因此有了更多的机会接触这些外国老师，爸爸于是还学会了英文、拉丁文，甚至神父们喜欢玩儿的桥牌也教给爸爸。因爸爸总是考试第一名，也就总能得到上钟楼敲晨钟的荣誉。爸爸说，那是教会学校里学生最高的荣誉了，那时感觉很神圣。悠悠的钟声在头顶回旋，久久不散，他说他一生也忘不了那绕梁余音。同学们满是羡慕的目光，奶奶每到这时也总是一脸的骄傲。

在修道院里，每到圣诞节、复活节等节日，爸爸都会参加一些宗教节目的演出，却总是扮演魔鬼，可能爸爸小时候长得没有现在这么和蔼可亲。有时候演戏多了，玩儿的时间久了，就误了些功课。有一次在班里的考试成绩就从第一名下降到第三名，要不怎么就有了前文提到的他举着小棍，主动认错，避免挨打那一出呢。后来我明白了，爸爸这招是从"负荆请罪"那个典故学来的，活学活用了。之后知道抓紧学习，就又考为第一了。

在唱诗班上，爸爸也是个全才，会得最多，唱得最好；回到家里，还教给弟弟、妹妹，给全家都带来了欢乐。

爷爷不久就在城里一家旅行社找到了工作，慢慢的，凭着他的才干从襄理到副总直至总经理，全家人的生活逐渐又好了起来。

放寒暑假时，爷爷要求爸爸和二叔每天都要写大、小楷，作文，日记等。教他们的家庭教师是一个从美国回来的青年，好像也没有别的什么工作，也不知他在美国学的是什么专业。不知为什么，每当听爸爸说起这位家庭教师，就让我觉得他有点像钱钟书先生的小说《围城》里的方鸿渐。

后来爷爷带着全家搬进城里住了，爸爸这时也考取了重庆南开中

高中时代的爸爸 (左二)

学，经与修道院多次要求，院方才同意爸爸转走。临别时，教会学校的"主教大人"大为恼火，他本想送爸爸去罗马学习天主教，以期培养成大主教的。气急败坏之际，大骂"下江人"不可靠，背信弃义等等。我问过爸爸什么是"下江人"，爸爸告诉我，长江下游方向的即被上游的称之为"下江人"。可能是上游水更干净，他们就姑且把"下江人"视作低人一等了。因爸爸一家是经武汉逃难来的，也就被归于此类了。爸爸说当时挨骂归挨骂，心里也觉得惭愧，但也不能真去当主教啊。好像是爷爷坚持让爸爸去的"南开"，要不爸爸没准真成了红衣大主教什么的，也就不知道该谁来写这本书了。

2. 爸爸在一篇作文中写道："突然一道惊雷掠过，咔嚓一声，整个天空为之一颤，好似天绅倒挂！"被老师批了四个大字——何来怪词！

南开中学根在天津，在"抗战"时才迁到大后方重庆。相比较教会学校，南开在各方面都进步和开明多了。

重庆南开有着她的历史地位，翻开学校的历届同学录，专家、学者、名士、封疆大吏不乏其中，这里也更加面向社会。

大凡十几岁的孩子就没有不贪玩儿的，爸爸也不例外。南开那时候就分文理班，爸爸读的是文科班，虽然功课也挺好，数理化、英文、古文都不错，但也让他有了更多的机会看杂书，五花八门的，什么都看。而且在课余时间，更有了让他沉醉其中的爱好——好莱坞电影、武侠小说、京戏。

爸爸从小就喜欢看电影，家境还不宽裕时，就去看电影院的"早场"。当时的"早场"是很早的，好几场连着放，爸爸经常会从沙坪坝

（南开中学的所在地）赶进城去看。

在上个世纪的三四十年代，中国也就上海、重庆等几个城市能看到美国电影。爸爸说，那时有一批人是专门为外国电影翻译并取名的，名字取得都很好，最绝的当数《乱世佳人》，电影的英文名是《GONE WITH THE WIND》。"飘"就属字面翻译而来，但《乱世佳人》才是最吸引人又恰当不过的名字。

爸爸当时看过的很多美国片子，让我吃惊不小：怎么那时候这些片子就进中国了？比如，大多数中国人在改革开放以后，才从电视里看到的《米老鼠和唐老鸭》，爸爸小时候就在电影院里看过多次。他尤其记得有一场戏是：在一个玩具大商场里，所有的玩具和文具都活了，一起来反抗那个商场的胖老板，钢笔成了大炮，钢笔水成了炮弹……

爸爸对武侠小说的喜爱程度，那也是非同小可。我们家书房里有满满两个书柜，放的都是各类武侠小说，而且大多他还没仔细看呢，说是要等到退休以后，慢慢看。

爸爸最多提到的"武侠名宿"是还珠楼主，他小时候看的基本上都是这位大师写的。爸爸给我讲过其中某本书中，描述过那么一位人称"血神子的"精彩人物——邓隐。书中说这位"大哥"为报深仇，跑到雪域高原烈日下苦练一门绝功，随着功力的加深，边练边把自己的骨肉一刀刀剜去，最后把自己练得就剩一道影子。影子从人身上一过，人的血即被吸干，真正是杀人无形。每当他一出现，狂风乱作，飞沙走石，好似天绅倒挂，众人失色惊呼：血神子——邓隐来也！

爸爸由于太喜欢这段描写了，在一篇有关雷电的作文里，还借鉴了一下，写道：

"天边黑云翻滚，天际中弥漫着一种无形的压力，突然一道惊雷掠过，咔嚓一声，整个天空为之一颤，好似天绅倒挂！"

他的这段文字被学校先生批了四个大字——何来怪词！

爸爸觉得，还珠楼主就像是武侠小说的祖师爷。还珠楼主的代表作《蜀山剑侠传》，那可称得上是武侠小说的教科书，单"峨嵋开府"一段关节，就写了足足有一本半书，两位高手过招，你这一拳怎么打过来，内含了几种变化；我对付这招有几种解法，用哪招会有什么效果，描述都细之极也。爸爸说现在流行的大师们书中所用的招式、拳法、门派组织、奇山怪石等名称，很多都是从还珠楼主那儿迁来的。

爸爸对电影、武侠小说再喜欢，也只能是看看，对京戏就不一样了。

"抗战"时期，为躲避战乱，很多北京、上海的京戏名角都到了重庆，加上北方来的戏迷，就更相得益彰了，一时间好不热闹。那时候唱京戏的名角、大师的地位就如同现而今的歌坛、影坛的天王巨星，也属于绝对的偶像。

爷爷比较喜欢看京戏，常会带着爸爸和二叔去当时的"厉家班"看戏。二叔没有多大兴趣，但爸爸很喜欢，凡有好戏就去看，迷得不得了。后来不仅是看，还在课余时间和同学一起演戏玩儿，"家伙"、

爸爸这姿势够酷的吧

"行头"都置办上了，这就如同现在学校里的小哥儿几个组织了个"花儿乐队"一样。有一年，学校开校庆晚会，爸爸还专门写了个独幕剧《完璧归赵》，和同学自导自演的，效果不错，演出后还得到了奖励。再后来，不只喜欢学唱京戏，其他如川剧、越剧、清音等，爸爸都喜欢学着玩儿。

每个人一生当中，大都会有做生意的插曲，或早或迟。爸爸应该说是比较早的，他在上中学前就开过家"银行"。那时家里还不是特富裕，爸爸喜欢看电影、听戏，可又没有那么多零花钱。姑姑是家里唯一的女孩儿，爷爷疼她，常给姑姑些零用钱。但奶奶却又不许女孩子随便出门去玩，所以弄得姑姑也没个地方花钱，就经常把手里攒下的钱数来数去的。这被我爸看见了，于是鼓动二叔去找姑姑，说他们二人开了家银行，在他们那里存一角钱，每天能有五分钱的利息，存得多利息就更多，五角钱，过一天就变八角了。姑姑一听高兴了，只是要求写条子当存折。二叔当即就写了，拿到钱后，交给爸爸，随后他们俩就心满意足地看电影去了。到了第二天，姑姑找二叔要利息时，才发现是空头支票，甭说利息，连本金也没了。姑姑立刻哭着找奶奶告状，结果是二叔被爷爷、奶奶好好管教了一番，爸爸则因没有凭证，一直"逍遥法外"。这件事直到姑姑五十多岁快退休时，谈及此事，方知我二叔只是"从犯"，我老爸才是主谋。

随着爷爷任老总的旅馆生意越来越好，家里的日子也日渐富足。那时，旅馆搬到了重庆花园路，房子很大，并有自己的花园。据说解放后，竟改成了一家医院。

其实爸爸骨子里是很淘气的，之所以在少年时代没干出什么"惊天动地"的事来，主要是因为有爷爷"镇"着他呢。按爸爸的话讲，不是他怕爷爷，是所有人都怕他。

爷爷他老人家身体倍儿棒，腰板挺直，60岁时还能踢腿，举石锁，练拳，而且一直坚持冷水浴。每天早晨起来，在小花园里，双臂平举，爸爸抱着的是我四叔，十足的少爷派头。

抬腿，旋踢，脚面打在两边手上，"啪啪"直响。那时候每天晚饭后，爷爷带着一家人从花园路散步到朝天门码头，一路上讲故事，说笑话，天南海北的，什么都讲，这是一天中大家最快乐、最兴奋的事了。回家后，一家人再一起念圣经，沐浴后睡觉。

爸爸每提及爷爷，总带着一丝敬畏，说爷爷浑身透着一股北方人特有的豪气，还有粗暴，可能爷爷身上的"军阀"作风一直没怎么改过，这从他打麻将最能看得出来。不是常说嘛，看一个人打麻将最能表现他的性格了。爷爷喜好打牌，可要是输了，孩子们全"遭殃"了，视力范围以内的，开口就骂，反正得找个人撒气。不过他要是赢了，钱也从不自己"揣"起来，都给孩子们分了去。爸爸说，好在爷爷赢时多，输时少，大家看在经常分钱的份上，也就忍了，不跟他计较，也就没太反对他打麻将。我心想了，您这是说好听的，你们反对？爷爷也得听啊，他是"军阀"，您不忍行吗。

但爷爷脾气再坏，跟奶奶却一直是相敬如宾。从他们二人结婚，

相敬如宾的爷爷奶奶

一直互称先生，相濡以沫，共同面对艰苦岁月。这点也极大影响了爸爸兄妹四人，他们的家庭都很稳定，夫妻恩爱，生活愉快。姑姑说她上中学时，同学们对鲁迅、许广平互称先生十分不解，姑姑笑道："这有何奇，我家父母就一直如此。"令她的同学们大为惊讶！

爸爸很喜欢他小时候听过的一首歌，是卢冀野先生写的，歌名叫《本事》：

> 记得当时年纪小
>
> 我爱谈天你爱笑
>
> 有一回，并肩坐在桃树下
>
> 风在林梢，鸟儿在叫
>
> 我们不知不觉睡着了
>
> 梦里花落知多少

爸爸幸福的少年时光翩然而去了。1947年，他考入了重庆大学。

在中学时，爸爸一直偏好文科，但考大学时想的是要实业救国，所以他学的是工商管理专业。

在重庆大学，他做了一件足以改变他一生的大事，可以说，这件事也改变了整个家庭及全家人的命运。爸爸参加了中国共产党地下外围组织。

1948、1949两年，是中华大地政权行将更迭的年代。在当时，每个月，甚至每天都有城镇或乡村变换政权，天翻地覆。在重庆，共产党地下组织领导的学生运动、工人运动、农民运动同国民党政府做着最后决战前夕的较量。

在这种大环境下，爸爸在南开中学时就已经醉心于进步书籍，积极参加各种进步学生活动，等来到重庆大学后，很快就接触到了地下党并接受了共产主义思想的洗礼，树立了崭新的信仰，并积极地投身到爱国学生运动当中。

因经常参加地下党组织的各种活动，爸爸还不时会被国民党特务盯梢、跟踪。在当时的重庆，家里住在有花园的大房子，还参加革命的青年并不多，这反倒让跟踪的特务摸不清头脑了。

爸爸说现在有些电影、电视剧把学生运动说得太容易了，其实那是相当艰苦、残酷的。当时，共产党、共青团在大学里组织活动，积极发展的同时，国民党也在大学生中发展了很多特务、眼线。就拿游行来说，进步学生研究、制定好的游行路线、时间、规模常被特务探听到情况。当游行队伍行进到某个路口时，总是会突然遇到斜刺里插出一队"人马"，不是"迎亲"的，就是"送殡"的，从游行队伍当中一插，拦腰切断，弄得你拦也不是，不拦也不是。稍一摩擦起冲突，即从四周窜出数十彪形大汉，从花轿或棺材里抽出大棒行凶。那些学生哪打得过这些特务啊，每一次游行，同学们受伤乃至牺牲，都有可能发生。

但爸爸他们热情高涨，似乎从来也不懂得害怕。这也难怪，因为当时被抓、被迫害太司空见惯了。更重要的事，抗战胜利后，毛主席到重庆，进行国共谈判，再加上周总理在重庆的影响，红岩村以及《新华日报》长期的工作，使得青年学生们都对延安心怀崇敬、向往，认为那里是中国的希望。是啊，哪个时代的青年没有一腔热血啊！

爷爷对爸爸的这些活动开始并不太知情，知道后也没有太反对。

爸爸应该是在上大学前后开始了他朦胧的初恋，也可能是受父母之命。那女孩儿叫李效兰，是当时重庆某局长的千金，两家也算得上是门当户对，爷爷奶奶都挺满意。在当时的一张全家福照片中，还有这位阿姨的身影。后来爸爸参加革命，并放弃学业跟随解放军队伍走了，也就放弃了这段感情。这听起来有点像中国版的"保尔·柯察金"，

右一是二叔，右四是四叔，左二是姑姑，左一就是李效兰阿姨

不过，保尔和冬妮娅后来还在火车站见了一面。这和我老爸不一样，只是听说那位阿姨考上了北大，真希望这位阿姨一生都好。

1949年重庆解放前，爷爷的几位朋友也曾劝他要早做打算，本来可以去台湾的，但爷爷不愿意。后又有朋友帮忙安排了去香港的船票，爷爷这时已经是六十来岁的人了，他觉得自己老了，走不走？去哪里？这关乎一家人命运的大事，还是听长子的吧。可爸爸那时已投身革命当中，怎么可能走呢？在家里表态说："要走你们走，我哪儿都不去，我要迎接解放。"爷爷听罢，说："那就听老大的吧。"就这样，一家人留了下来，爷爷觉得自己没干过什么坏事，不用担心。

新中国成立了，爸爸跟着部队走了。

社会在发生了大变革后，进入了一小段相对安定的时期。重庆也一样，爷爷家也一样。这时二叔也考上了大学，姑姑读小学，四叔还小，爷爷奶奶谨慎地注视着身边的变化。

没过多久，平稳之后的动荡开始了。1952年，新中国迎来了第一次大运动——"三反五反"。

社会大变迁，也可以说就是利益集团的大转移，牺牲是必然的，也是残酷的；有它的合理性，也有它的无理性。运动一开始，爷爷就被推到了风口浪尖上。

先是让爷爷彻底交待问题，爷爷说没有问题，接着一些"工人"就硬逼着爷爷揭发企业董事长的偷税、漏税等罪行。爷爷是重义气、轻生死的人，更不可能无中生有地陷害朋友，所以爷爷的发言总不能叫这些人"过瘾"，于是爷爷就被轮番"开会"，取消了睡觉。在气、急和极度疲劳下，爷爷终因高血压导致突发脑溢血，不到一个月就去世了，享年64岁。

爷爷刚强一生，从不服软，果敢、坚强、暴躁、义气。

有位易经大师帮我摆卦时曾说："你一生总能逢凶化吉、遇难呈祥，都是因为你爷爷的灵'罩'着你呢！"

我非常相信，爷爷的在天之灵一直保佑着我。

在爷爷刚被抓后，奶奶开始还遵循着旧时做法，拿出一些金银首饰去赎人。不想是新社会了，变革了，金银首饰等都被没收了，奶奶也被冠以"经济犯"抓起来几天。等奶奶被放出来，又想着办法去救爷爷，可又被骗去了不少钱财。

后来爷爷过世，爸爸在部队没能回来，奶奶一个人操办了丧事，这年奶奶正好50岁。

家里的财产全被没收了，一家人也从花园路的洋房里搬出，被临时安置在一间小屋。因这巨大的变故，奶奶的精神受了一定的刺激，在后来的岁月里，有时会糊涂，但奶奶一直坚强地生活着。

这时二叔大学还没毕业，姑姑10岁，四叔才5岁，奶奶也没有工作。爸爸那时在部队，是供给制，每月发五元六角津贴，他全部寄给了奶奶，维持一家人的生活。后来爸爸改成薪金制了，但他也总是几乎全部寄给家里，仅留必需的一两元生活费。

奶奶的毅力是惊人的。她原是半文盲，硬是靠自学到能看报、写信。爸爸参军后，和奶奶的往来信件，都是奶奶自己写的。更令人诧异是，奶奶还坚持去上了化工补习班，学习了化学方程式，到最后，竟然自己用化工原料能做出墨水（普鲁士兰）、肥皂、甘油等。姑姑和四叔读小学、中学一直用的就是奶奶自己做的墨水和肥皂。

奶奶常说：一等人看看就会，说他的长子就是这样；二等人学学就会；三等人是教都教不会。

奶奶在爷爷去世36年后的岁末，时逢过生日，二叔特意从昆明赶来为奶奶祝寿。奶奶见二儿子回来，很高兴，多喝了两杯，忘了吃药就睡下了。第二天清晨，人们发现奶奶已静静地离开了尘世。

奶奶走得很安详，就像她的一生，没有打扰过任何人。那年刚好是爷爷100岁诞辰。

奶奶一生慷慨，富有的时候周济穷人，乐善好施，对邻里总是衣食相送；穷困时，也是尽己所能地帮助别人，以一颗平常心对待富贵与不幸。她一生笃信天主，捐助教会。

奶奶出殡那天，在楼前空地上，搭起了大棚，奶奶安详地躺在临时搭建的木床上。木床四周堆满白花，还有用白花扎成的十字架。奶奶穿着一身黑色绸缎，脚上穿着那双她在几十年前爷爷过世时就已准备好的缎面绣花鞋，面容慈祥安然，散发着佛光，好似神光普照，天使护佑，见到的人无不为之惊异。一传十，十传百，来了很多人送奶奶，附近的天主教、佛教徒也来了许多。人们接踵走过奶奶身边，送行的方式是天主教及民间通行的仪式双轨并行。有奏佛乐的，有诵圣经的，左边唱罢，右边又开始齐颂，此起彼伏，十分壮观却又秩序并然，真是难以名状的场面。

我知道，奶奶是安心地走的。

后来，在把爷爷、奶奶合墓的那一年，爸爸回到了重庆。爸爸这时也已经六十多岁了，站在墓碑前，轻声说："爸爸、妈妈，我离开家很久了，也很远，但我一直很惦记咱们这个家，我的心一直没有离开过这个家。"听到爸爸这样说，站在一旁的四叔、四婶都掉下了眼泪。

3. 随着爸爸一个个名字念下去，一个个恶霸地主被拉下去处死。那天一口气枪毙了四十多人。

有一年，我们全家人在北京玉泉路乘坐338路汽车去西单。开车前，爸爸和司机师傅攀谈起来，问："您是部队转业的吧？"

"没错啊，您呢？"

"我还没退。您是'几野'的？"

"'二野'的。"

"我也是'二野'的。"

"呦，真巧。咱们'二野'不穷不富。"

"没错，不穷不富。您几个孩子啊？"

"三个秃小子，费劲死了。这是您小孩啊？"

"是，一儿一女。"

"看您多好。"

下车前，爸爸对妈说："还得是咱部队的老人行，这车开得又快又稳当。"

爸爸当年参加的部队就是被称为不穷不富的"二野"——人民解放军第二野战军。

爸爸当年在全国解放的大形势下，弃学从军。因爸爸正经是重庆大学的肄业生，有文化，就被安排在"二野"所属的西南军区青年艺术工作大队工作。

当时正赶上部队帮助地方开展土地革命，爸爸又去参加了土改工作队，来到四川郫县豆瓣村搞土改，任土改工作队的秘书长。不久，为保证土改工作顺利进行，而召开了镇压地主、恶霸等黑势力的审判大会。由于当时法院院长的嗓子累坏了，喊不出来，就由爸爸宣读被镇压的名单。院长还一再叮嘱爸爸要喊着念。

一会儿，大会开始了，

"把×××押上来！"爸爸大声喊着，在群情激愤的历数完罪行后，爸爸又大喊：

"把×××押下去！立即枪毙！"

"把×××押上来！"

……

随着爸爸一个个名字的喊，一个个恶霸地主在土台子旁，依次被枪毙了。

那天一口气枪毙了四十多人。

爸爸心想：好家伙，刚参加革命就革了这么多人的命，那以后还要革命几十年，那得革……爸爸明显是多虑了，那时革命已经成功了，打仗的机会已经不多了。再说，因为他那大学肄业的文凭，尽干些舞文弄墨的事儿了，所以爸爸虽说从军一生，但真正摸枪的机会并不多。

1952年爸爸随部队开进了朝鲜，成了一名"最可爱的人"。

因爸爸文化水平比较高，在部队被分配干宣传工作。白天，爸爸他们来到部队战斗的第一线，了解各连队的英雄事迹；到了傍晚，就现编现写现唱，表演给战士们听。

那时候战士们唱的曲调千篇一律都是朝鲜的一个民歌曲调，最后结尾是"嗡嘿呀……"，唱什么最后都是以"嗡嘿呀……"结束。这也好学，志愿军战士们跟着学得都挺快。爸爸在前面唱一句："二排战前排中的爸爸一脸的神圣使命感，也见证着革命的热情。

士英勇冲锋炸碉堡啊，嗡嘿呀……"战士们就跟着唱："嗡嘿呀……"反正不管爸爸唱什么，战士们都跟着一起"嗡嘿呀……"，后来就连附近的朝鲜老百姓也来跟着唱，那就更正宗了。总之，爸爸说这个节目到哪儿都特受欢迎。

爸爸曾说，刚随部队来到朝鲜战场时，生活条件非常艰苦，白天晚上都要面临敌机的轰炸，觉都睡不好。吃的只有炒面，没有蔬菜，更没有水果了。可当他看到附近山坡上一片片新增的墓碑，那是无数位烈士啊，有的连姓名都没有留下，他们舍弃家园把年轻的生命献给了祖国，献给了朝鲜人民，想到他们，生活再苦也不在乎了。

那时候在战场上，对搞宣传工作的同志都要求要做到"一专，三会，八能"。爸爸就能编故事，说相声，又能唱，还能跳舞，扮演过侦察兵，也演过美国兵，他还是非常称职的"引苦员"。

通常在大战役前，部队都要做战前思想动员，把战士们深厚的阶级感情及对敌人的满腔仇恨调动出来。爸爸就到各连排"引苦"。他大多是给战士们讲一个"瞎老妈"的故事：

17 〈〈

"瞎老妈苦啊……"，在听到爸爸一上来这句沉重的叹息时，本来还放松着的战士们立刻肃穆起来。爸爸接着讲：

"瞎老妈原来有三个儿子，但不幸的是，在那万恶的旧社会，大儿子在抗日时被日本的炸弹炸死了，瞎老妈哭啊，哭啊，哭瞎了一只眼睛……后来，二儿子出去扛长活，回家的路上又被国民党反动派抓了壮丁，活不见人，死不见尸；瞎老妈哭啊，哭啊，两只眼睛都哭瞎了。就剩下个三儿子相依为命，可万万没想到，老三也……"每当讲到这儿，战士们也都开始痛哭流涕了，并相继高呼口号："打倒……！""打倒……！"爸爸完成任务了，又转到下个连排"引苦"去了。据说，爸爸是最受欢迎的"引苦员"。

老爸的幽默功夫可能来源于相声

那场战争留给人们的印象大多是：中国人民志愿军的英勇、顽强，也正因如此，1953年停战了。

从朝鲜战场回来，爸爸原来所在的青年文工团改名为西南军区文工团。爸爸这时的工作仍体现着"一专，三会，八能"。在当演员的同时，又当舞台监督，还管拉大幕，还要管催场。爸爸说当时最麻烦的是还兼管着台上的几盏"气灯"。那时是用"气灯"，里边烧的是石棉丝，特别容易断，弄不好，一碰断全场就"黑"了，所以老得小心拖着它，可费劲儿了。

我见过一张他那个时期的照片，那是他被评为单位的先进模范而

爸爸被评为先进

照的合影。照片上有他们单位的全体同事，就爸爸一个人戴了朵大红花，坐在中间，看起来神情有些紧张。

爸爸说，那时候下部队搞宣传活动特别有意思，经常会发生趣事。有一次，他们下部队慰问演出，路上要走很长时间，大家就在卡车上休息，爸爸和几个战友打起牌来。旁边有一个人，闲坐着没事，抬头看到头顶车架上悬吊着个背包带，随着车一晃一晃的，忽然想人"上吊"是什么滋味啊？于是此人竟真的站起来，脚踩着两个背包，并把上面悬吊着的背包带套在脖子上，想体会一下。正在这时，卡车拐弯，一晃，他脚下踩着的两个背包滑开了，这位老兄竟真的被吊了起来。

人在吊起来后，两只手可就抬不起来了，更喊不出来。其他人要

不在睡觉，要不在专心打牌，都没发现，这人就越发的急了，整个身体垂吊在车里，随着车摇摆不停，好在走的是山路，他身体晃动得越来越大，脚开始不停地撞到我爸爸的后背。爸爸开始以为他在捣乱，还说"别闹，别闹"。说了几次发现他还是"撞"个没完，这时大伙才发现他是被吊起来了，赶紧救下。幸亏还算及时，那位老兄歇了会儿就没事了。爸爸后来提起这事时，觉得又好笑又万幸。

4. 爸爸说，像他这样在空政一个单位工作50年的，可是真不多见。

1955年，随着当时几个大军区撤销，原西南军区文工团一分为二，爸爸随歌舞团大部调入空军空政文工团，在空军一干就是50年，直到现在。爸爸说，像他这样在一个单位工作五十多年的，可是真不多见。

爸爸是个很勤奋的人，非常用功，干什么都力争干到最好。调入空政文工团后，他就开始慢慢往文学创作方面发展。在我看来，爸爸一生好像没过过星期天，有时就算周六会玩会儿，周日又会回到工作状态，在他年轻时更是这样。他把几乎所有的业余时间，都用来阅读戏剧作品、文学作品及看戏。他对各种形式的戏剧、曲艺都认真学习，广泛涉猎。像川剧、清音、单双簧、四川评书、越剧、梆子，什么都看，都学，哪个剧种有什么绝活，精彩的段落他都清楚。

在团里，爸爸还经常教一些小学员学古诗词、古文，当然有时他也会编些故事瞎说一气的，谁让他本就不是个严肃的人呢。

说到爸爸的不严肃，还要再提一下他改名字的原因。那是在西南文工团时，因为爸爸总是爱开玩笑，讲故事，爱说爱闹的，就有人给爸爸提意见，说他不太严肃。爸爸听后一想，你们不是说我不严肃吗，

太严肃了吧

那我干脆把名字改为阎肃，看你们还能不能说我不严肃。就这样，名字真改成了阎肃，可就算改了名，爸爸仍然严肃不到哪儿去。

在那段时期，每逢周末，团里有时会安排一些乐队、伴唱及舞蹈演员去中南海出任务，和共和国领导人搞小型联欢舞会。那时候首长们与民同乐非常普遍。爸爸也去过几回，他说第一次去的是中南海春藕斋，参加一个小晚会，看见了几位国家领导人，当时挺激动，临走时还悄悄地从门口的一盆万年青上摘下一片叶子带回家，以此留念。后来去的次数多了，觉得不能再摘了，要是每次都摘，那盆万年青就得成秃子了。

每逢到节日，他们也会配合"中办"在中山公园或天安门搞个小型演出。有一次国庆节，爸爸他们在天安门城楼上演出，好像是为欢迎越南胡志明主席。演出间歇，爸爸突然内急，工作人员就送他去了卫生间。爸爸对于天安门城楼上居然也有厕所大为新鲜。在他小解时，旁边又进来一人，爸爸也没看，只是觉得他个子挺高，顺嘴儿说："真没想到啊，这天安门城楼上竟然还有厕所啊？"

那人说："嗯，是啊。"

爸爸又说："而且真是干净啊。"

那人又答："是啊。"

这时爸爸"解决"完了，扭头一看，旁边站着的竟是国家主席刘少奇同志，吓得他连手都没洗就赶快跑了。

因为要养家，爸爸的节俭在全团也是出了名的。他把开始每月的津贴及后来改发的薪金，几乎都寄给奶奶，帮着养家及负担弟弟、妹妹们的学习和生活费用。从开始时的五元六角，然后是十五六元，后来成了35元。随着爸爸工资的提高，他每月最多有时能给家里寄50元钱，自己却舍不得吃，舍不得穿。

爸爸几乎没给自己买过衣服。记得小时候，看衣柜里也有几套爸爸的衣服，毛料的也有，但那都是单位统一发的，要不就是军装了。一件背心爸爸能穿很多年，破了几个大洞他也无所谓，还照穿不误。小时候我对爸爸的勤俭节约非常不以为然，长大后才知道，爸爸已经养成习惯了。

虽然其他方面节俭到家了，但在买书、看戏方面，爸爸还是保留了点最低消费。他那时自己留下的那点儿钱，不是买书，就是看戏。爸爸曾说他30岁以前的休息时间不是看书，就是进戏园子，没玩儿过别的。他对自己看戏的特点总结为一个字，"杂"。北京人艺在二十世纪五六十年代上演的剧目，他一出也没落下过。电影、京戏那就更不用说，曲艺、交响乐他也常看。钱少就买最差、最便宜的票。就连一些地方小剧种的戏，小剧场里演的节目爸爸也都会去看，他说，就是爱好，没什么道理可讲。"爱好"这个老师让爸爸受益匪浅。当然他

姑姑一直很崇拜她大哥，基本上视为偶像。

的"爱好"决不是简单的"消遣"和"玩票"了。

爸爸看书更算得上"杂",可说是包罗万象,像中外戏剧、文学名著,他更是刻苦阅读。记得我们家里有一套《四川戏剧集》,爸爸一直很爱惜,说那套书对他的启发最大了,也看得出他对四川、重庆的感情一直很深。他曾说,四川话是全国最幽默的语言。爸爸一直能说比较地道的四川话,家里要是来了四川的客人,他一定要用四川话和人家聊天。以前还给我讲过个四川方言的笑话,大意是:

抗战时期,在重庆街头,青年学生们在大街上做抗日宣传演讲,用普通话说的。大意是:日本人太坏了,侵略了我们大好河山,霸占了东四省!(当时东三省加上热河并称为东四省)还抢走了烟台!后来,还有青岛!我们一定要……

一个老头儿刚巧路过,也看不清楚,只是远远地听了听,摇摇头苦笑而去。回到家里,老婆儿问:"那些青年娃儿讲些啥子么?"

老头答道:"没球啥子大事,是说哪个董四嫂(东四省),丢了烟袋(烟台),过后,又寻到(青岛)喽。"

爸爸对书的爱惜也令我非常敬佩。他几乎把每本书都包上书皮,如果书皮破了,他就会换。他包的书皮花样很多,有对角折线的,有折单角的,还有折单边双角的。这些包书皮的技巧,他在我上小学时,也都传授给我了。包书皮的纸也都非常讲究,厚一点儿的书,就用旧挂历、牛皮纸,薄的书呢,就用旧刊物的内瓤。现在去我们家,两面墙的书柜里,很多书都几十年了,还依然崭新如初。爸在我小时候就说过,你要能把我的这些书全都看一遍,你就是有学问的人了。说来惭愧,直到现在,我也没看多少。

爸爸凭借着自身深厚的古诗词底子和才华,当然更重要的是他的勤奋,开始在业余时间,尝试着创作诗歌、歌词,并试着给报社、诗词刊物投稿。投稿、退稿、修改、再投稿,这成了爸爸当时工作之余的工作,并上瘾了。是啊,像他这么聪明又如此用功的人,结果当然肯定是成功了。

终于，爸爸"开和"了，来得那么突然又那么自然。

那是一首他写的歌词被上海的一本歌词刊物《满江红》发表了，歌词的名字叫：《我的银燕是祖国造》。这个"伟大"的刊物现在还在，真可算是发现了一个人才。

说实话，这歌的名字现在听起来都有点不像是歌名。后来我问起过爸爸的这首"处女作"，但他老人家实在是一句也想不起来了，登歌词的那本刊物也没留下。但就是这首看起来都不像歌的歌词，在当时给了爸爸极大的鼓励，因为，他的作品终于发表了，印成铅字了，还有稿费！于是爸爸有了更高的热情，随后，又发表了一首歌词《公共食堂好处多》：

> 公共食堂好处大，
> 灾荒困难全不怕，
> 男女老少聚一堂，
> 亲亲热热如一家；
> 公共食堂好处多，
> 省时省工省柴火，
> 不需家家开小灶，
> 全村共享一口锅。

当时正值"大跃进"，全国上下大搞人民公社好，并提出"人有多大胆，地有多大产"，亩产万斤粮，等等。连毛主席也担心起粮食太多，没有地方放可怎么办的问题。于是各地就办起很多公共食堂来，哪儿想得到，没过多久，就办不下去了，因为根本就没有那么多粮食嘛。爸爸的这首歌也就赶快收起来了。

现在的年轻人看起来可能会觉得可笑，这是那个年代的产物。但对爸爸来说，就不仅仅是时代的需要了，也真是他老人家的心声。因为爸爸这大半辈子，是真的酷爱吃部队的大食堂。他常跟我说："除了我妈和你妈做的菜，其他的，甭管是什么大酒店啦，餐厅啦，我都觉得不如我们食堂的伙食好。"从这儿看，阎老的"口号之作"还真是肺腑之言。

5. 一个年轻的空军军官对爸爸说，他当年就是听到《我爱祖国的蓝天》这首歌后，才立志要当空军的。

爸爸从调入空军就觉得特别神气，他虽不是战斗人员，但对部队的战斗英雄、机种、雷达站、维修站、试飞员，乃至后勤的仓库、农场都非常清楚熟悉。这是因为他打心底里，热爱空军这支战斗部队。

在空政时，爸爸也经常下部队搞慰问宣传。那时下部队是很艰苦的，但他总能在苦中作乐，也很爱编笑话段子。有一个段子至今我也闹不清是真事儿还是玩笑。爸爸说，有一次下部队，当地部队的团长念参谋帮着写的欢迎稿，其中有一段话是："空政文工团长途跋涉来到我团，慰问演出，给了我们很大的鼓舞。"因这位领导不太认识跋涉的跋字，而且这段话末尾的鼓舞两字又分写在了两片纸上，就被那位领导用浓重的山东口音大声念道："空政文工团长，这个途，这个途，途什么涉啊，来到我团，慰问演出，给了我们很大的鼓。"他翻篇一看，接着说："噢！原来还有一个很大的舞。"

在二十世纪五十年代后期，爸爸创作的作品多了起来，不仅是歌词，还有诗啊、相声，还写了个活报剧《破除迷信》，反映很好。之后，又创作了他的第一部歌剧——独幕歌剧《刘四姐》。

这部歌剧描写的是在抗日时期，机智、勇敢的女游击队长刘四姐，为了从敌人手中救出被捕的张书记，乔装打扮，混进敌伪肖司令家中，智取敌人的故事。该剧由空政文工团排练后在北京演出获得成功，又到全国很多地方演出，受到人们的一致好评，还被不少地方戏移植过去。

爸爸对这部戏一直很喜欢，说是"文武带打"的，很是热闹。直到现在，有时高兴了，还会在家里哼唱两句剧中反派"肖司令"的唱段：

> 卧牛镇上称霸王，
> 谁人不知我肖子章；
> 救国军里当司令，
> 全凭这腰中两只枪。

因为这部戏的成功，于是领导决定调爸爸专职搞创作，但爸爸虽然喜欢写作，可其实并不情愿专职搞创作。他还是喜欢有机会当演员的，尽管演的都是配角，但仍觉得上台演戏好玩儿，过瘾。而搞创作呢，有时候接到任务是要硬憋着写的，正如郑板桥所言"作文勉强为，荆棘塞喉齿"。但对组织的决定，爸爸二话没说，服从了安排。一切听从党召唤，是他们那一代人的信念。

为了更好地为部队创作，贴近连队生活，爸爸在1960年下放到广东沙堤某空军基地深入基层生活一年，开始时任空军机械员。

到部队的第一天夜里，整个部队突然紧急集合！各连队的集合号同时吹响。爸爸也和其他战士一样，一跃而起，手忙脚乱之间打好背包，向连队集合地点跑去。因爸爸刚到部队，就认识个大个子二班副，集合列队跑步都是紧跟着这个大个子后面跑。夜里急行军中，几个连队交叉而过，爸爸也是一直紧盯着一个大个子。跑着跑着，爸爸忽然发现连长换人了；等到天再亮点儿，一看，大个子也不是原来的那个了，这才知道自己跑错连队了。爸爸本是五连的，却跟着三连跑了大半夜。

后来爸爸也学"油"了，为了避免再次出现夜里紧急集合时措手不及，就专门准备了两套被子，一个睡觉时照常用，一个永远打成背包，放在床下待命。

爸爸见到飞机总喜欢抚摸几下，也更忘不了擦飞机的经历。

那时白天除了在机场战斗值班外，晚上还要收拾菜地。爸爸说，他那时绝对是一名合格的空军机械员，擦飞机，又快又干净。他现在还经常提起，战机的起落架最难擦了，因为起落架距地面的高度是人站着吧，站不直，坐着呢又够不着，当然也不能搬把椅子来啊，只有让腿保持半蹲的姿势擦，还一定要把上面的沙土全清洗干净，可累了。

那时候又正赶上国内三年自然灾害时期，生活挺艰苦，爸爸说，那时他总记起诗人柯仲平写的诗："埋头，埋头，天不怨，人不忧……"

爸爸对待艰苦的方法一贯是苦中作乐，那年的中秋节，连队发给每个人一块"黄糖"月饼，及水果糖等，爸爸即做"歪诗"一首，在"军中"广为流传。

黄糖饼一个，水果糖两颗。

蹉跎，蹉跎，三十一了哥哥。

爸爸那年按虚岁算已经31岁了，还没结婚。每当只剩下他自己时，会有一丝孤寂悄然漫过心头，也使得爸爸常常一个人，躺在草地上注视着广阔的蓝天和壮丽的云霞，一种莫名的感觉，直冲胸臆。就这样，爸爸创作了后来一直深受广大空军指战员喜爱的歌曲：《我爱祖国的蓝天》

我爱祖国的蓝天，
晴空万里，阳光灿烂，
白云为我铺大道，
东风送我飞向前；
金色的朝霞在我身边飞舞，
脚下是一片，锦绣河山，
啊，水兵爱大海，骑兵爱草原，
要问飞行员爱什么，
我爱祖国的蓝天。

我爱祖国的蓝天，
云海茫茫，一望无边，
春雷为我擂战鼓，
红日照我把敌歼；
美丽的长虹，搭起彩门，
迎接着战鹰，胜利凯旋，
啊，水兵爱大海，骑兵爱草原，
要问飞行员爱什么，
我爱祖国的蓝天。

记得我们院里有个年轻军官曾对爸爸说，他当年就是听到这首歌后，才立志要报名参加空军的。

几十年后的今天，这首歌听起来，依然让人激动，斗志昂扬，可以说这首歌激励了几代空军战士，为国争光，热爱祖国，热爱空军。

爸爸说，生活就是这样：最苦的时候往往也是最快乐的。当你给予生活时，生活自然也会回报你。

在当了半年的机械员后，爸爸又带职当了半年的副指导员。在这期间，他和战士们打成一片，感情很深，同时也体会到责任的重要。

有一个周末，上级通知有慰问演出，大家都很高兴。爸爸代表连队去迎接，一看，来的竟然是空政文工团爸爸的老战友们，而且要演的剧目就是爸爸写的《刘四姐》。爸爸说，他当时觉得没有比这更好玩儿的了。在他代表部队致欢迎词时，他说一句，底下笑一阵。

那年春节，爸爸和几个老战友：作曲家姜春阳叔叔、羊鸣叔叔等一起值班，没有回家。部队发给他们每人十几块糖和十根"一支笔"牌香烟，爸爸建议玩玩儿游戏，正好可以拿糖和烟当"彩头"，大家都同意了。于是爸爸就教他们玩"梭哈"，一种赌场里盛行的纸牌游戏，估计是他小时候跟爷爷学的。结果，不到一小时，所有的糖和香烟都到爸爸兜里了。

6. 爸爸觉得妈妈可能看上他有四个优点：老实、诚实、结实、忠实，才嫁给他的。

爸爸是晚婚模范。因为多年来要供养母亲和弟弟、妹妹，而且又一直勤奋学习、工作，自己的个人问题也就一拖再拖。眼瞅着都过三十了，也没顾得上自己的婚姻大事。爸爸和我说过，之前也有人给他介绍过一位女同志，不过人家嫌我爸爸穷，人又太瘦，没看上他。

在爸爸结束下放回到北京后，当时空政的团长黄河伯伯替他着急了。黄河伯伯原是晋察冀边区的八路军，抗日战争时，和我的大姨姥姥林野同在冀东军分区的尖兵剧社。黄伯伯还是我大姨姥姥的入党介绍人。有一次在他们的老战友聚会时，黄伯伯说，我们空政有一小伙子，才子一个，至今未婚。我大姨姥姥听后立即说，我有一外甥女儿，校花一朵，尚未婚配。两位老战友说完哈哈大笑，一拍即合，就这样，经组织安排，我的爸爸妈妈这对才子佳人走到了一起。

妈妈李文辉，祖籍河北省，出生于遵化县驸马寨一个生活富足，在当地德高望重的大户人家。

太姥姥名叫黄善堂，祖上是浙江绍兴人，是清朝皇宫"内卫"黄天霸的后代，并世袭负责拥兵驻守位于遵化县马兰峪的清东陵。太姥姥和太姥爷都是家中的独生子女，为使婚后儿孙满堂，特按风水先生的指点，在一片皇上封给黄家的依山傍水的山林地上，建立了新的家院。这里鸟语花香，门前一条小河蜿蜒流过。宅院后山上长满了青松翠柏，四周栽种着栗子树、核桃树、枣树、柿子树、桃树、杏树、梨树、山楂树，几乎北方的果木都全了。

说来也神，风水真的应了人丁兴旺。太姥姥在连续生下四子之后，又先后产下五位千金。我姥姥就是家中的二姑娘，大姨姥姥是大姑娘。

太姥爷张玉堂是远近闻名的大善人，深明大义，乐于助人，待人真诚侠义，其家中三子、四子，也就是我的两位舅姥爷，从小习练"黄家"武术，行侠仗义，又满怀爱国热情。在抗日战争时期，出钱买武器、粮草，组织了抗日武装，使冀东一带的日本军闻风丧胆。但因被奸细出卖，在1943年的一个夜晚，遭到日军"围剿"，队伍损失惨重，突围的人均无下落。

妈妈的锦绣年华

太姥姥及太姥爷视英勇抗日的八路军亲如子弟，冀东著名的八路军将领、军分区副司令员包森将军，就经常率部驻扎在张家大院。包将军每到太姥姥家，都亲切地称太姥姥为妈妈，称太姥爷为爸。据说太姥姥曾坐着四挂大马车，怀里抱着一挺轻机枪，装成怀抱孩子的样子，通过了数道鬼子关卡，把机枪交给了包森将军。不幸的是，这位威振冀东的八路军将军，在1943年的一次战斗中中弹牺牲了。但他的

坐着的是我太姥姥，右一是大姨姥。

爱国之心，深深感动了张家大院，张家长女张少珍，也就是我大姨姥姥，就是在包森将军的引导下，走上了革命道路。

大姨姥姥是我们家非常传奇的一位长辈，她是在抗日战争最艰苦的1941年参加革命的。当时加入了冀东军分区的尖兵剧社，成为一名文艺战士，她自己将名字改为林野。

在1945年8月对日的最后一战中，大姨姥姥所在的尖兵剧社被日军包围，子弹打光了，她和另外一位女战友，继续用石头砸向敌人，终因寡不敌众被日军抓住，仍视死如归，决不投降。万幸的是，很快就因日本战败投降而获救。

解放后，大姨姥姥先后任北京越剧团团长、中央歌舞团办公室主任。家里的很多晚辈，都得到过她无私的帮助。大姨姥姥一直身体都

大姨姥和大姨姥爷

很好，六七十岁时，依然健步如飞。现在已是87高龄了，我们都希望她健康长寿。

姥姥张少芝，善良，美丽，在1936年嫁给了从东北逃难进关的姥爷李盛林。开始也住在遵化县老家，妈妈、二姨和大舅都是在那儿出生的。对于妈妈小时候的回忆，我觉得最搞笑的一件事是：姥姥家的一个长工，名叫树林子，有一次他回家探亲，回来的路上，饿了，竟用他媳妇换了几个大饼吃。回到姥姥家，被姥姥知道后，臭骂一顿，拿钱给他才去把媳妇又赎回来。

1945年日本投降后，姥爷怀念起东北老家，于是1947年带着全家回到了东北鞍山。但因姥姥不习惯东北的水土、气候，又怀念家乡，于是1948年初又从鞍山乘火车回到沈阳，打算再转车回北京。没想到，辽沈战役开始了，沈阳到关内的火车全不能通，一家人只好在火车站附近的小旅店里住了下来。因战事的持续，火车一直不通，住旅馆的花费又大，一家人就搬到沈河区小南门外的一个四合院里租住了下来。谁想这一住，就再也没走成。随后沈阳及东北全境都解放了，姥姥、姥爷一家人，就这样，稀里糊涂地成了沈阳人。

妈妈比爸爸小7岁，是家中老大，美丽大方，聪明勤奋，学习很好。在读完初中后，为了尽早工作以减轻家中负担，即选择了一所中专——沈阳卫生学校读书。毕业后，先后在兴城、涿州工作，在部队任军医。认识爸爸那会儿，据说妈妈曾在那年代特有的生活会上，被别人提意见说她"好结交知名人士"，估计是说爸爸呢。

妈妈的几个妹妹都不太同意她嫁给我爸，原因有三，嫌我爸一矮，二丑，三大。后来妈妈还是嫁了，当然妈妈够好看的了，哪儿还用得着爸爸也好看啊。

　　爸爸觉得妈妈当时可能是看上他有四个优点：老实，诚实，结实，忠实。他呢，主要是对妈妈的职业挺满意，觉得家里有个医生，老少三辈都受益。这叫什么恋爱观啊？

　　但对于爸爸的身高没有比妈妈高多少的问题上，妈妈曾说，她是被爸爸骗了。因最早见到的，是爸爸寄来的一张照片，爸爸当时比较瘦，脖子又伸得挺长，妈妈就误以为他还挺高的，于是就同意了。直到后来见面后才发现有点儿上当，但也晚了。

　　1961年爸爸妈妈结婚了。

　　当时的婚礼很简朴，妈妈在结婚前从涿州空军第六航校来到北京，在街上买了块布料，自己做了条裙子，就算是婚礼的礼服了。爸爸给妈妈买了双皮鞋及其他饰物，反正身上所有的钱都花光了，自己穿着笔挺的军装，那时他肩上扛着上尉军衔。

　　那时正值国内"三年自然灾害"刚结束，国家属于困难时期。粮、油、糖都要票，布也要票，婚礼上只好买的是铁盒的"高级糖果"。爸爸向来人缘特好，婚宴上来了很多客人，大多是他团里的同事和领导，非常热闹，

妈妈真是校花

人们老说我们父子俩长得不好看，但这张照片够帅了吧。爸爸也就是靠这张照片"骗"过了妈妈，赢得美人归啊。

我姑姑曾说她从未见过那么热闹的婚礼。团长、政委先后致辞祝贺，我大姨姥姥也代表娘家发了言，说："感谢空政为我们培养了这么好的姑爷。"政治处也给爸爸妈妈送来贺礼，是一镜框装的毛主席语录：千万不要忘记阶级斗争！

来的宾客中有乐队的、歌剧团的、话剧团的，人才济济，都能安排节目，也都会捉弄新人。大家弄了很多节目，其中有个节目叫"采茶扑蝶"，是要求我爸爸边唱边跳，并拿条枕巾围在腰上，又拿条毛巾把眼睛蒙住，手持一把芭蕉大扇，必须扑着我妈妈才算完成。大家呢，都围着爸爸拿着枕头逗他，不时"尖"着嗓子学妈妈叫"我在这儿"，弄得爸爸扑来扑去，却总扑不着"正宗的蝴蝶"。

还有一个节目叫"怀中抱月"，大伙儿让爸爸抱着妈妈，并在嘴里含着一块糖，含糊不清又深情地说："啊！美丽的月亮，我的心在荡漾，令人神往……"说完话，就要求爸爸把含着的糖送入妈妈的嘴里。这时本该说"甜不甜？"但因妈妈是医生，习惯性地问了一句："卫生不卫生啊？"弄得大伙儿哄堂大笑。闹洞房一直闹到深夜，大家唱啊，笑啊，歌声不断。

第二天，大家一起去了当时很著名的"康乐酒家"，吃常静师傅做的名菜"桃花泛"。这在当时是最高级的饭菜了，不仅收钱，还花了不少粮票。

爸爸和妈妈的结婚照，不敢乱议论。

爸爸、妈妈就这样结成了夫妻，但有件事一直很搞笑，他们俩有时不是一个"辈分"的，我总说他们是差着"辈儿"的夫妻。因爸爸那时的团领导黄河伯伯，跟妈妈的姨妈是战友又兼老领导，所以妈妈得管他叫黄伯伯。但爸爸呢，和黄伯伯是同事，也差不了多少岁，也就只能叫大哥了。

这下可好了，我有时陪爸爸、妈妈一起去看黄河伯伯，进门时爸爸对我说："叫黄伯伯好。"我就叫："黄伯伯好"。可我刚叫完，听妈妈也是叫"黄伯伯好"。等到临走时，妈妈拉着我说："跟黄爷爷说再见。"我只好说："黄爷爷再见。"唉！可真乱。

不仅如此，有很多人给我们家寄贺年卡，明信片都这样写：

阎肃叔叔、文辉大姐：新年好！

开始时看不懂，后来就习惯了，反正他们俩真不是一个"辈分"的。

7. 《江姐》整整修改了两年，最后连食堂的大师傅，听着排练场传来的歌声，边和面边流眼泪，大伙儿才觉得行了。

　　爸爸在单位有位忘年交、词作家姚明。一次在酒桌上，姚明说："知道吗？阎老肃，阎老，那可是半个世纪的名人啊！"这句话，他诚恳地对桌上每个人说了十七八遍，这大哥喝多了。

　　这些年，大家熟悉阎肃的名字，可能有的是通过爸爸写的一些歌词，有的是看到在中央电视台青年歌手大奖赛等节目，爸爸当评委、嘉宾等。其实早在四十多年前，我的阎肃爸爸就已经开始红透大江南北，因为他创作了当时家喻户晓的大型歌剧——《江姐》。

　　在爸爸结婚后不久，山东《剧本》月刊发表了爸爸的独幕歌剧《刘四姐》，爸爸因此得了一笔稿费，大约不到200块钱。这时团里又批给他20天探亲假，临走前，爸爸请《刘四姐》一剧的作曲、导演及演员们一起大吃一顿，还是在康乐酒家。酒浓肉香之际，有人说："阎老肃，咱们别吃完这次就没了呀！以后还得接着吃啊。"旁边立刻有人开玩笑响应着说："对呀，刘四姐吃完了，再写个别的吧。"

　　爸爸哈哈一笑说："那还用说，我早想好了，这儿还有一个姐哪。"

　　大家忙问："谁啊？"

　　"江姐啊，红岩里的人物，我把她写成歌剧，肯定错不了。"

　　的确，爸爸早就计划好了，他要创作一部大型歌剧。题材呢？他想到了有他成长足迹的重庆；想到了初期投身革命活动的日日夜夜；想到了重庆地下党组织的英雄们；同时也受到了在当时社会上引起广泛流传的小说《红岩》的启发。爸爸对重庆熟悉，对城市、农村生活都熟悉；对地下党熟悉，对特务也熟悉。

在坐火车到了妈妈当时的工作地涿州空军某航校后，妈妈每天照常上班，爸爸就在妈妈不足十平方米的小屋里，开始了创作。除去来回两天路途，在剩余18天里，爸爸的才华得到了充分地发挥。假期结束，爸爸回到北京，同时也带回了刚完成的歌剧《江姐》的剧本。

看过剧本，空政的领导很重视，随即召开创作会议。会上，听爸爸念完《江姐》剧本，大家都很兴奋，都觉得一定要下大力气搞好这部戏，作为空军文艺工作者对祖国的献礼。

新中国第一任空军司令员刘亚楼上将，对《江姐》这部戏也非常看重，多次把爸爸叫到身边，一起商讨、修改。爸爸回忆说，刘司令员为人刚毅，谈吐儒雅，但脾气比较暴躁。有时爸爸看到一些高级将领、军官也被刘司令像训小孩般的训斥，还都"笔管条直"地立正。爸爸那时又年轻，在旁边看着，坐也不是站也不是的，非常不自在，就想避开，但刘司令会说："你不用走，没你事儿，坐下！"爸爸只好坐在那儿，那真是如坐针毡啊。

为了使《江姐》这部歌剧更加贴近真实，爸爸及其他同事几次回到重庆，深入生活，走访了川东许多活着的地下党员和脱险革命志士，并专程在江姐被关押的渣滓洞集中营的牢房里住了几天，体验生活。在这部歌剧的创作中，爸爸熟悉、了解其他剧种的优势也得到极大的发挥，全剧很好地采用了戏曲板腔体音乐结构方式，特别是借鉴了川剧的"帮腔"形式，推动了人物内心感情和剧情的发展。

《江姐》剧本的修改、完善，不仅受到空军首长的高度重视，连共和国的元帅、最高领导都非常关注并提出了很多切实的修改意见。

像在剧中第六场，叛徒甫志高劝降江姐时有段唱词，爸爸最早是这样写的：

多少年政治圈里较短长，
到头来为谁辛苦为谁忙？
看清这武装革命是空流血，
才知道共产主义太渺茫。
常言道英雄豪杰识时务，
何苦再出生入死弄刀枪？
倒不如，抛开名利锁，
逃出是非乡，
醉里乾坤大，
笑中岁月长，
莫管他成者王侯败者寇，
再休为他人去做嫁衣裳！

　　这段唱词，刘少奇、刘志坚、刘亚楼同志先后提出应该修改，但爸爸一是觉得这段词写得挺对路，二是也一时想不出可代替的词句，所以迟迟没动。直到有一天，刘亚楼司令员把爸爸叫到他家里，说："我们三个姓刘的提出意见，你都不改，难道我们三个姓刘的还抵不过你一个姓阎的？今天我要在家里，关你的禁闭！你就在我家里改，改出来我才放你走。"

　　这下爸爸没辙了，也急了，于是急中生了智，一个多小时，就写出了现在这段词：

你如今一叶扁舟过大江，
怎敌他风波险恶浪涛狂；
你如今身陷牢狱披枷锁，
细思量何日才能出铁窗。
常言说活着总比死了好，
何苦再宁死不屈逞刚强？
倒不如，激流猛转舵，

悬崖紧勒缰，
干戈化玉帛，
委屈求安康，
人逢绝路当回首，
退后一步道路更宽广！

写完，刘亚楼同志点点头表示认可，只对最后两句添了几个字，改为：

人逢绝路，回首是常事，
退后一步，道路会更宽广！

这样爸爸好歹算解除了"禁闭"，但他对最后一句添上了个"会"字有些保留意见，因为唱这句时，"道路会"特别像"倒炉灰"。不过后来在演出时，因为经常要压缩时间，又都是先在反面人物身上打主意，所以最后这两句也常会被"砍掉"。

剧中大反派沈养斋也有一段劝江姐投降的唱词：

我也有妻室儿女、父母家庭，
我也曾历尽沧桑，几经飘零，
将心比心也悲痛，
能不为你凄凉身世抱同情？
有道是好花能有几日红，
难道你不珍惜自己锦绣前程？
你这里空把青春来葬送，
又有谁知道你、思念你，
把你铭刻在心中？
岁月如流，浮生若梦，
人世间有几番明月清风？

莫将这幸福安乐轻抛却，

为一念之差遗恨无穷。

——你要三思而行！

由于这段唱词写得太精彩以至于有些领导提出，让一个（反面人物）坏蛋说得这么有人情味合适吗？那个年代的电影、戏剧里，都习惯性地把敌人描写成凶残、可恶，并且非常笨拙、愚蠢，没有人性。可爸爸在《江姐》中描写的几个反派，还是很生动的，像上面的这段唱词就很人性化，也挺美。好在还是留住了。

剧中最后一场有一段唱词，《五洲人民齐欢笑》，其中有一句，爸爸原来写的是：

"告诉他胜利得来不容易，

别把这战斗的岁月全忘掉。"

当时空军政治部的王静敏主任看过后，跟爸爸建议说："改成轻忘掉，好不好啊？"爸爸一听，觉得的确好，就改为了"别把这战斗的岁月轻忘掉。"

提起这位"一字之师"的王主任，爸爸说他真是难得的非常厚道的人，曾针对当时"毫不利己，专门利人"的提法提出疑问。他是河南人，带着浓重的乡音说："一个人毫不利己就已经很不容易了，还专门利人，那怎么可能呢？"后来因为这句话，这位长辈在"文革"中没少挨批斗。

《江姐》的创作可谓集中了一批非常有才华的精英，该剧由三位著名的作曲家金砂先生、姜春阳叔叔、羊鸣叔叔完成全剧的谱曲。歌剧是由陈沙先生导演。黄寿康叔叔、冷永铭阿姨任副导演，黄寿康叔叔同时又兼饰演剧中的大反派沈养斋，他在舞台上的一个手势，一个眼神都是那么精彩，对人物的刻画有着过人、独到之处，很多神来之笔。还有饰演江姐的万馥香阿姨，饰演双枪老太婆的孙维敏阿姨，饰演反派甫志高的刘痕叔叔，饰演蒋对章的杨星辉叔叔，饰演唐贵山的李燕平叔叔等，都表演得非常贴切到位。可以说，他们中的大多数，一生大部分时光都比较平凡，但在歌剧《江姐》的表演中，都迸发出了眩目的光彩，像是把一生的才华、精力都集中于这一点爆发了。我想他们真可算得上是为歌剧《江姐》而生吧。

爸爸给在《江姐》中饰演沈养斋的黄寿康叔叔说戏，看这两人都像反派。

《江姐》经过两年的修改，排练，不断完善。曲谱从头到尾整整修改了两遍，爸爸说，最后直到连食堂的大师傅，听着排练厅传来的歌声，边和着面边被感动得流下眼泪来，这下大伙儿才觉得行了。

1964年9月，歌剧《江姐》在北京中国儿童剧场首次公演。

大幕徐徐拉开，台下座无虚席，观众的心很快随着剧情的跌宕起伏而贴近。整部戏作词精美，曲调悠扬，演员的表演丝丝入扣，打动人心，剧情高潮不断。台上泪水涟涟，台下哭声一片，全场演员、观众的情绪完全交融在一起。

太成功了！演出结束时，观众全体起立，雷鸣般的掌声持续不停，久久不肯退场，场面之热烈，超乎想像。

演出第三天，周总理和夫人邓颖超前来观看。演出中，总理有时在椅子扶手上打着拍子，有时点头微笑，当看到"蒋对章"那段戏时，捧腹大笑。

《江姐》在北京连续演出26场，场场爆满，各报记者和观众纷纷撰稿赞扬。在中国歌剧史上创造了奇迹。

以前，每逢演出，团里总会安排一些工作人员，坐在观众席里，一是在剧情需要时，带头并引导观众鼓掌，此俗称"领鼓"，但在《江姐》演出时用不上了，观众的掌声已经太热烈了。这些工作人员第二个作用，就是要听观众的意见、评论，尤其是要重视批评的声音，可《江姐》获得一致好评。有一位观众散场时说："这部戏不是好，而是很好！"

作为编剧，爸爸（三排左三）有幸站在离毛主席老人家很近的地方，一脸幸福的笑。

1964年10月13日，毛泽东、刘少奇、周总理、朱总司令等党和国家领导人，在人民大会堂观看了歌剧《江姐》。演出中，大家开始时有点儿紧张，后来逐渐演得越来越好，毛主席和中央其他首长不时地热烈鼓掌，演出结束后，与演职人员亲切的合影留念，并给予高度评价。合影时，爸爸站在了毛主席的身后，很幸福的样子。毛主席说："你们的歌剧打响了，可以走遍全国嘛。"

随后，歌剧《江姐》开始走出北京，很快走遍了祖国大地。在南京、上海公演，轰动宁沪，上海一度还流行起江姐的发式和服装；在1965年2月底，歌剧《江姐》还到了香港公演6天，同样引起轰动，场场爆满，连加演的夜场票都销售一空。从1964年9月至1965年10月，《江姐》为部队、党政机关、工厂、学校及各地公演共257场，真是在中国歌剧史上创造了奇迹。不仅如此，全国其他很多剧种，越剧、昆曲等数百家文艺团体都按剧本改编陆续移植上演。据说当时全国很多剧团都同时上演《江姐》，这又是中国戏剧史上的一个奇迹。

> 红岩上，红梅开，
> 千里冰霜脚下踩，
> 三九严寒何所惧，
> 一片丹心向阳开。
> 红梅花儿开，
> 朵朵放光彩，
> 昂首怒放花万朵，
> 香飘云天外，
> 唤醒百花齐开放，
> 高歌欢庆新春来！

这首爸爸为歌剧创作的主题歌《红梅赞》，在当时风靡全中国，差不多所有中国人都会唱。周总理非常喜欢这首歌，经常在开大会时带领大家合唱。李先念副总理就说："《红梅赞》已经成了非常流行的歌曲了，包括我们总理在内，经常唱它。"说起这首主题歌的诞生，也真是巧合。

在《江姐》中，爸爸开始没有想写主题歌，后来刘亚楼司令员说："我在莫斯科的时候，看歌剧《卡门》，他们都有主题歌，咱们《江姐》也写一个好吗？"爸爸觉得行，先写的词是："行船长江上，哪怕风和浪……"刘司令员觉得不满意，爸爸一时也没词了，就顺手从上衣口袋里掏出一张稿纸，说："这是上海音乐学院有位同志请我写首歌词，原意是写梅花的，我取名《红梅赞》，你看行吗？"大家一看，都说好，就这样《红梅赞》成了《江姐》的主题歌。

剧中的《我为共产主义把青春贡献》、《绣红旗》、《五洲人民齐欢笑》在当时也都深受大家喜爱。

《我为共产主义把青春贡献》

春蚕到死丝不断，
留赠他人御风寒，
蜂儿酿就百花蜜，
只愿香甜满人间。
一颗红心忠于党，
征途上从不怕火海刀山；
为劳苦大众求解放，
粉身碎骨心也甘！
为革命粉身碎骨心也甘！
啊！
谁不盼神州辉映新日月，
谁不爱中华锦绣好河山；
正为了东风浩荡人欢笑，
面对着千重艰险不辞难；

正为了祖国解放红日照大地，
愿将这满腔热血染山川！
粉碎你旧世界奴役的锁链，
为后代换来那幸福的明天。
我为祖国生，我为革命长，
我为共产主义把青春贡献！
不贪羡荣华富贵，
不留恋安乐温暖，
威武不屈，贫贱不移，
百折不挠志如山。
赴汤蹈火自情愿，
早把生死置等闲，
一生战斗为革命，
不觉辛苦只觉甜！

　　这首歌是爸爸描写江姐在面对敌人酷刑审讯时，临危不惧的英雄
气概。下面一首爸爸创作的《绣红旗》，在当时也是家喻户晓的，表
现出了共产党人对祖国真挚的爱。

线儿长，针儿密，
含着热泪绣红旗。
热泪随着针线走，
与其说是悲，不如说是喜。
多少年哪，多少代，
今天终于盼到了你。
千分情，万分爱，
化作金星绣红旗。
平日刀丛不眨眼，
今日里心跳分外急。

一针针哪一线线，

绣出一片新天地。

说起这首《绣红旗》，也有个小故事，这其中第四句是当时的总参谋长罗瑞卿帮着改的。

爸爸原来这句写的是：说不出是悲还是喜。爸爸觉得江姐当时是悲喜交加，喜的是狱中惊闻新中国诞生；悲的是她自己即将赴刑场，到底是悲是喜，真是说不出。但罗瑞卿同志看过后，把爸爸叫到身边说："为什么说不出呢？应该说得出嘛！这句，我替你改了！改成'与其说是悲，不如说是喜！'你看好不好？"

对此，爸爸一开始倒觉得有些"说不出"，但后来，他渐渐悟出：个人一己之悲，远不如革命大胜利之喜！孰轻孰重，确实可以，也应该明朗地说出。

在新中国的历史中，有三个时期是令人难忘的。第一个时期是1954、1955年"三反五反"运动结束后，至1958年"大跃进"运动之前。这几年国家稳定，人民安心，对新中国的未来充满着憧憬。第三个时期，应该算是1983年改革开放政策开始实行到1987年反"精神污染"前，这几年国家走上了富民强国的正确道路。尤其是1984年国庆35周年大典上，第一次提出要让人民过上实惠的生活，所有中国人都重新燃起希望，坚信祖国会变得更加美好。那第二个时期呢，就是在1962、1963年挺过了三年自然灾害，直到1966年发动"文化大革命"前，这几年国家又趋于稳定，民心向上，歌剧《江姐》也正是在这段时期推出的，大获成功也有它的机缘、背景。

爸爸在剧中最后一幕江姐被杀害前，创作的《五洲人民齐欢笑》。在多年之后，我看过一位年轻演员在演唱这首歌时，依然是热泪盈眶。回家时跟爸爸说起，爸爸说，在当年演出唱到这首歌时，基本上都是台上台下一起哭。的确，我听到这首歌中"到明天……"的那几句时，也时时会有些感动。

不要用哭声告别，
不要把眼泪轻抛，
青山到处埋忠骨，
天涯何愁无芳草！
黎明之前身死去，
脸不变色心不跳！
满天朝霞照着我，
胸中万杆红旗飘！
回首平生无憾事，
只恨不能亲手——
把新社会来建造。
到明天,山城解放红日高照，
请代我向党来汇报：
就说我永远是党的女儿，
我的心永远和母亲在一道；
能把青春献给党，
正是我无上的荣耀。
到明天,家乡解放红日高照，
请代我向同志们来问好，
就说在建设祖国的大道上，
我的心永远和战友在一道；
我祝同志们身体永康健，
为革命多多立功劳！
到明天,全国解放红日高照，
请代我把孩子来照料，
告诉他胜利得来不容易，
别把战斗的年月轻忘掉，
告诉他当好革命的接班人，
莫辜负人民的期望党的教导！

云水激，卷怒潮，
风雷震，报春到，
一人倒下万人起，
燎原烈火照天烧，
重整山河，开出幸福阳光道，
丽日蓝天，五洲人民齐欢笑。

这首词的最后几句是刘亚楼司令员改的。原词是：

东方红，天亮了，
晨风吹，百鸟鸣，
严寒过去是春天，
前程风光无限好。

刘亚楼同志觉得气势不大，改为：

云水激，怒卷潮，
风雷震，报春到；
狂飙一曲，牛鬼蛇神全压倒，
红旗漫天，五洲人民齐欢笑！

爸爸对这里的改动，并不是没有意见，但他也清楚，这几句的出处是刚发表的毛主席所写《满江红》一词。况且，爸爸始终是怀着深深的敬意感激并怀念刘亚楼司令员，他一直都是那样热情，那样炽烈地爱护及扶持歌剧《江姐》。后来到了二十世纪九十年代，《江姐》第四度上演的时候，最后几句才改成现在这样。

爸爸后来说过，最后的"五洲"他本来是改为九州的，他觉得江姐那时候还是放眼国内更准确些，而"五洲"则是"文革"时的感觉，即所谓"胸怀世界"。谁知演员在台上一唱，还是"五洲"，大概是唱习惯了。而且这个唱段已成为音乐会上的独唱曲目，名字就叫《五洲人民齐欢笑》，又到处传唱，各地发表，约定俗成了，想改都改不了了，爸爸也就随它了。

1964年11月的一天，《江姐》仍在热演中。

那天晚上，爸爸到文工团大院街对面的一个小剧场，看红旗越剧团排演《红楼梦》。因当时大院门口正在修路，弄得爸爸一腿一脚的石灰，他也没当个事儿，看了会儿，感到胃有些不舒服，就一个人从剧场出来，准备回宿舍歇会儿。刚走到团门口，突然一辆吉普车在身边停下，车上人喊道："阎肃，你在这儿啊？找你半天了，快上车，有紧急任务！"

爸爸一愣，心想，这么晚了还有什么任务，看着政治部的同志，随口说："什么任务啊？我可没穿军装。"爸爸那天身上只裹了件又破又旧的黑棉袄，老棉裤上沾满了石灰，围着条大围脖，还好几天没刮胡子，尽显邋遢本色，爸爸不修边幅也习惯了。来人看了一下，也显出无奈的样子，但还是催道："快上车吧，来不及了！"爸爸赶紧上了车。车在拐过几条街后，直接开进了中南海。进入中南海后，经过几道岗哨询问，司机答："是阎肃。"哨兵随即立刻放行。

到这时，爸爸才知道，是毛主席看过《江姐》后深为感动，《江姐》也是毛主席看过的唯一一部歌剧。那天，是主席想要见见写这部歌剧的年轻人。

车子在一幢小楼前停下，当爸爸随工作人员走进一个小会客厅时，主席已经在那里了。爸爸见到毛主席，激动紧张得一时不知该如何是好，按说应该行军礼吧，可又没有穿军装，而且觉得自己当时的那身打扮，尤其是满腿的石灰，满脸的胡子也实在是过于狼狈，只好傻傻地站在那儿。这时主席笑着向爸爸走过来，爸爸灵机一动，先给主席鞠了个躬，又赶紧握住主席伸过来的手，弄得主席和在场的人都笑了。

爸爸回忆说，主席很高大、魁梧，手很大，五根手指跟小胡萝卜似的，非常有力。主席边握着爸爸的手，边说了一些话，非常洪亮。

因主席说话有着浓重的湖南口音，再加上爸爸紧张，只听得耳边"轰轰"地响，其实一句也没听得太懂，但大意是明白了，主席的意思大致是说：《江姐》写得很好，你小伙子干得不错，我送给你一套书，你要继续努力，好好干等等。

爸爸听完，表示一定会努力干，并给主席行了个标准的军礼。

随后，江青把爸爸拉到一旁，送给爸爸一套《毛泽东选集》，并在扉页上代毛主席写下了赠言。

后来主席又接见过爸爸几次，跟爸爸谈了对《江姐》结尾的处理意见。本来结尾只有一种：江姐慷慨就义，但主席说："江姐那么好的人，死了多可惜啊，应该把她救出来啊，把沈养斋也要抓住，不要让他跑了嘛。"

这让爸爸有些困惑了。因为生活中的原型，及小说《红岩》，电影《烈火中永生》中的江姐都是光荣牺牲了，难道单单就在歌剧舞台上，让她活着，被救出渣滓洞？爸爸一时也没有想出好办法来。

不久，《江姐》在武汉为贫下中农代表演出时，有代表也提出："江姐那么好个人，为什么不把她救出来呢？解放军不是已经入川了吗？"爸爸更困惑了。

后来一直到1977年"文革"结束不久，《江姐》恢复上演，"救活"之事再度被提起。当时正是在"两个凡是"指导下，于是结尾就修改为：江姐在被敌人杀害之前，被游击队员救出，并成功地领导了越狱，迎来了最后的胜利。

改完后在重庆演出时，当年华蓥山游击队的老战士看过戏后激动万分地握着爸爸的手说："太感谢你们了！我们当年没能做到的事，你们在舞台上替我们完成了心愿！"

但爸爸心里却在打鼓："江姐活了，行吗？"

直到1984年，《江姐》首演20年后重新上演，在十一届三中全会的精神下，《江姐》才又恢复了本来面目。爸爸也算松了一口气，觉得对得起历史了。

8. 老爸，我来了，你准备好了吗？

　　姐姐是1963年10月出生的，属兔，一看是女孩儿，爸爸把之前准备好的名字暂时收了起来。妈妈问："女儿取个啥名啊？"

　　爸爸略微一想："阎如玉吧，书中而来嘛！"

　　"那万一她长得不白怎么办啊？"

　　"噢！那就把玉去掉吧。"

　　因是女孩儿，如字上面又加了个草字头，姐姐的名字就定格为"阎茹"了。

　　不过真是天遂人愿，被妈妈担心不白的姐姐，长大后竟然非常白，属于比一般黄种人白，比白种人稍红的那种。

　　姐姐小时候基本属于温顺讨巧型，会玩儿着玩儿着，突然惊叫着吓得乱跑，待大人抱住问她："怎么啦？"她指着屋顶细声说："蛾子。"

乖巧、可爱的姐姐

凭心而论，爸爸属于那种非常怕麻烦的人，包括孩子带来的麻烦。不是有那么一句话嘛：如果您想惹一天的麻烦，您就请客吃饭；如果您想惹一年的麻烦，您就买屋搬个新家；如果您想惹一生一世的麻烦，那您就大着胆子娶妻生子。爸爸当然深谙此道，但他仍在姐姐3岁时，和妈妈商量再生个孩子，也许是封建礼教在作怪，也许是他觉得女孩儿太文气，不够淘气，没意思。于是，在1967年4月，我比预产期提前一个半月来到了这个世界。

　　爸爸说过，妈妈生我时受了很大的罪。当护士刚把我抱起时，爸爸就赶紧凑上来看，于是我停止了哭喊，也看着他，并露出了一丝坏笑，像是在说：老爸，我来了，你准备好了吗？
　　我猜想，爸爸还真没准备充分，他老人家可能背地里不止一次地后悔生下了我。的确，我实在是太淘气了，完全超乎于他对淘气的界定。
　　爸爸在3年前就给我准备好的名字，叫阎宇。他竟说这名字原本是留给他自己用的，后来我来了，就送给我了。

　　在我来到这个世界之前，最令爸爸头痛的事，莫过于要陪妈妈逛街。大凡年轻女人都喜欢逛街，稍有姿色的就更甭提了。妈妈当然也不例外。
　　那时候，妈妈经常能从王府井的南端，一家店、一家店地逛到北端，然后过马路到街的另一侧，再一家店、一家店地逛回到南端。爸爸也只好无奈地跟在后边，那叫一个生气啊！像爸爸这么珍惜时间、勤奋学习、工作的人，怎么也想不明白：这些女人在街上到底想要干什么?! 可是生气也没辙啊，还是得在后面跟着，走到最后，经常就变成了妈妈仍在某家店铺意犹未尽地观赏或挑选着，爸爸却是在马路的另一侧，气鼓鼓地斜视着她。这成了那时期他们之间最大的矛盾。

　　在我满月后不久的一天，妈妈因好久没上街了，又想上街转转。

当时我们家就住在灯市口，是市中心，很方便。于是照例，妈妈在前面浏览，爸爸抱着我在后面跟着，一前一后进了百货大楼。妈妈在钟表柜台前停了下来，想选一只手表，仔细地挑着，爸爸在后面抱着我等着。可能是时间等长了，可能是在爸爸手里抱着不舒服，也可能是因为别的什么原因，当然也可能是被爸爸把此事"演义"了，总之，襁褓中的我突然离开了爸爸的手，飞出了一米多远，"咣当"一声，砸在了玻璃柜台上。

"啊！"周围所有的人都被吓了一跳，柜台的玻璃被砸得裂开个口子，我立即大哭起来，妈妈赶紧上前抱起我，焦急地寻找我身上有没有伤口，左看看，右看看，发现我没什么事。爸爸也赶紧凑过来，妈妈狠狠地瞪着他，爸爸很冤枉地说："我什么都没动，他自己像颗炮弹飞出去的。"

"胡说！他自己会飞啊？"妈妈不信地白了他一眼。

"是真的，我怎么也不可能把自己儿子扔了啊！真是他自己飞过去的！"

周围的人都笑了。

我刚出生时的全家福。从照片上看，姐姐还真是喜欢我这个弟弟。

笑归笑，把柜台砸坏了可还得赔，爸爸掏了钱。可直到现在他也闹不明白：明明抱得好好的，怎么能像炮弹一样飞出去呢？还那么远？我也不明白，真的。

　　因为爸爸实在太忙了，又经常出差，一年到头，在家的日子实在不多。妈妈那时还在涿州的航校上班，一个姐姐就已经够她忙的了，实在是照顾不上我。没办法，只好在我出生3个月后，便把我送到了沈阳的姥姥家。也许是老天有意这样安排，让爸爸多歇3年。

　　我在姥姥家一住就是3年。
　　姥姥家居住在一个很大的四合院里，院子分前院、后院、中院。前院有二十几户人家，后院也居住着十来户人家，姥姥家是住在中院，院中有一块空地，栽种着花草。我和姥姥及三姨、四姨、小姨住在东屋，姥爷住西屋。
　　姥姥是非常慈祥的人，一生善良无私，为了孩子及外孙子的成长，操劳一生。尤其觉得我这么小，就不在父母身边，于是更加关爱倍至。姥姥总是认为我没吃到母乳，生怕我营养不够，所以每天让我喝五瓶奶，还要给我炖一小奶锅肉，或猪或牛，如是鸡肉、鱼肉，就先把骨头剔净，在锅里炖，直到烂成肉泥，再一口口地喂我。除了肉泥，每天还要吃一小锅水果泥，姥姥先削掉果皮，再用小匙，一匙匙刮下果肉，做成果泥，再一口口地喂我。
　　姥爷为人老实忠厚，一辈子喜欢喝口小酒，解放前跑过买卖。值得一提的是，在辽沈战役快结束时，一些国民党高官感到末日来临，非常惊恐，其中一位国民党少将师长，多年来喜欢文物，收集了从隋唐时代到宋、元、明、清、民国时期的古玩、字画近三百件珍品，其中还有唐伯虎的真迹，在他逃跑前都以较低的价格卖给了姥爷。姥爷一直珍藏着，但遗憾的是，到了"文化大革命"，谁再藏有这些"封建主义的糟粕"，谁就是"反革命"，无奈，姥爷只好含泪把这些宝贵的文化财富都烧掉了。

解放后，姥姥家一直家境困难，却仍经常周济比自己还困难的邻居。姥姥对我更是百般疼爱，我也借着宠爱，开始了淘气生涯。

据说我很早就会走路了，可刚会走的同时也学会了干坏事。常趁大人不注意，走到水壶旁，打开壶盖往里尿尿，把姥姥气得没办法，可又不舍得打我。家里的姨和舅舅们也都很喜爱我，大舅经常会用手臂把我举高，让我两手张开，好像飞机在飞行，喊着"坐飞机喽"！我却往往趁大舅不注意，将尿尿进大舅嘴里，大舅这时还是依然大笑地说："没事，童子尿好。"

我手里拿着的"红宝书"可不仅是摆样子，里边的主席诗词也背了。

很快我就会跑了，姥姥就更累了。我经常用扫帚把屋门"别"住，把姥姥关在屋里，自己却跑到邻居家去玩，姥姥只能隔着窗户喊过路人，帮着把门打开。冬天时，我还常会不辞辛苦地把积雪一抱一抱地堆到别人家门前，再浇上水，把门冻住。院里的邻居们都说从没见过这么淘气的孩子。姥姥却说好，说淘气的孩子聪明。

淘气还不算，可怕的是我经常整夜地哭，声音还特大，能把全院的人都给吵醒。那时我一哭，姥姥就抱着我在屋里来回地走啊，走，一走就是大半夜，才能把我又哄着了。妈妈说，姥姥那么早去世，都是被我累的。

在我快两岁时，爸爸出差路过沈阳，顺路来看我，临走时，跟大舅和几个姨交待说："让小宇背些诗词吧？"爸爸可能认为他自己那么能背诗，儿子应该也不会差吧。果然他料对了，等我到两岁时，就能很流利地背诵许多首唐诗及大部分毛主席诗词，于是听我背诗成了家里及邻居们的一项主要娱乐活动。而且因为我背诵得很有节奏感，大

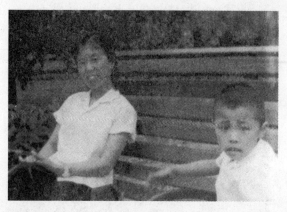

我和妈妈一直有距离感，直到现在也怕她。那时候，更是能躲多远就躲多远。

家都说像是朗诵一样。

转眼3年过去了，我到了可以上幼儿园的时候，爸爸就来沈阳接我回北京。一见面，吓了他一大跳，看我头上包着纱布，身上还有几处贴着胶布，一问才知道，是我在街上淘气打架，脑袋被石块打破了。爸爸说，我当时就像是个朝鲜战场上的美国伤兵。姥姥说，还是等我把伤养好后再回北京吧，但爸爸说，幼儿园要开学了，还是早点儿走吧。姥姥一想，也没办法，好在也算是一家人要团聚了，这时妈妈已经调到北京工作了。但我却非常不开心，因为要离开非常疼爱我的姥姥了，3年来，我管姥姥一直叫妈妈，她是我一生最亲的人。我哭闹着不肯离开姥姥，最后没办法，只好由姥姥陪着送我回北京。

人与人真是一种缘分，朋友如是，同学如此，亲人也如是。夫妻间看缘份，父子、母子也要看缘分。像我妈和我，当然感情是很好，但妈妈一直就喜欢文静、干净、听话的孩子，可我呢正好相反，再母子情深也互相不对路，这可能就是缘分不够。姥姥跟我就属于天生有缘，我的淘气、顽皮，甚至是撒野、犯混，姥姥都能包容，甚至喜欢，觉得男孩子就该这样，这就是缘分啊！

回到北京，姥姥担心得一点儿没错，妈妈一见我像个伤兵似的回来，兴奋劲儿全没了，很不高兴，一个人坐在外屋生气，直怪姥姥没把我管好，像个野孩子，弄得野性都很难收回来。

我上了幼儿园后，姥姥很快就回沈阳了。

我哭着到处找我的姥姥，哭了一整天，知道找不着了，再哭也没用了，姥姥已经回去了。我还得去上那个讨厌的幼儿园。

爸爸送我上的幼儿园是空军直属机关系统的，当时叫"空直"幼儿园，招的基本上都是空军系统干部的子女。多年以后，幼儿园改名为蓝天少儿艺术团，全国闻名了。

幼儿园分小班、中班、大班。我刚去，进了小班，可能是我从小在沈阳练得皮糙肉厚了，又被姥姥养得很结实，玩什么都是第一名。像跑步、推铁环、爬攀登架，包括写字，我都是最快的。但也正像妈妈说的，我的野性也改不回来了。很快的，我因经常打架而在幼儿园成了"名人"。其实小孩子之间互相打架，没有谁是会"功夫"、真厉害的，只是比谁胆大敢打，更重要的，是比谁不怕疼，挨了打不哭。可能是我在东北玩野了的原因，比一般孩子不怕疼，所以有时候，别人打了我三下，我只打他两下，可他怕疼，就哭了，这一哭就代表他输了；我呢，忍着，不哭。这样不久，我成了班里的"大王"。等我升到中班时，连4个大班的同学都怕我，我就成了全幼儿园的"大王"。

9. 爸爸也贴了一张大字报，上面写着：最高指示 "《江姐》不是毒草"！

那时候我们每周一的早晨坐大院里的班车去幼儿园，周六下午再坐班车回家，那时候好像很难见到爸爸。

当时，开展"文化大革命"运动已经几年了，爸爸的工作、生活也发生了很大的变化。

随着《江姐》在全国的轰动，阎肃的名字开始变得响亮，爸爸也成了名人，不仅是名人，在那个政治挂帅的年代，可以说是比较敏感的人物。是啊，能被毛主席亲切接见过几次的，能有几人呢！因此，爸爸成为炙手可热的人，也属正常。一些领导更加关心他，后来有的报刊曾报道说，爸爸在"文革"中，曾帮林彪夫人叶群改过诗等等，我想应该也确有其事吧。因为爸爸不仅是剧作家，更是一名军人，执行命令是他的天职。

在"文革"初期，爸爸也曾受到一些冲击，说他是漏网右派，"三名三高"等，指责他写的《我爱祖国的蓝天》是"毒草"，还特意找来几个老农民批判他说："俺们就不知道爱那个什么蓝天，俺们就知道爱俺们的土坷垃！"

又有人给爸爸贴大字报，说《江姐》也是"毒草"，因剧中有一情节是国民党抓了国民党，这是抬高国民党，是爸爸盼着"变天"。

爸爸心想：这下坏了。晚上躺在床上翻来覆去地睡不着，很怕连累了妈妈，就说："要不，咱们先分开吧。"

妈妈听完笑了，说："你就是发配到北大荒，也得有人给你做饭啊。"

据说，因为妈妈的这句话，爸爸感动了好多年，所以一直都很让着妈妈，直到现在。

不久，团里有演员在一个联欢会上见到毛主席，主席问："你们现在干些什么啊？"

答说："在开展'四大'，还在批判《江姐》，有人说它是毒草。"

毛主席说："我看《江姐》不是毒草。"

这句话一传回团里，爸爸立刻以其人之道还治其人之身，也贴了张大字报，上面写着：最高指示"《江姐》不是毒草"！

就这样，爸爸化险为夷了。

江青，那时作为"文化大革命"运动的"旗手"，也非常关注起我爸。可能是她觉得爸爸在《江姐》一剧中表现出了很高的创作实力；也可能是因为连毛主席都说好；也可能是因为正好"江姐"也姓江。总之，在一次来空政视察工作时，她特意来到我家看望，并一再叮嘱我妈说，一定要照顾好阎肃同志的生活。不久后，江青就同当时任空军司令员的吴法宪商量，把爸爸借调到中央文革直属的北京京剧团，搞京剧《红岩》的改编工作。就这样，爸爸暂时离开了空政，也因工作忙，单位远，只有每周末才回家，再加上经常出差，回家的机会就更少了。

爸爸刚到北京京剧团时，一位首长让他和著名作家汪曾祺先生一起改编剧本，爸爸当即表态说："我一定会和汪曾祺同志好好合作。"
但首长立刻纠正道："他不是同志，他是右派！"
弄得爸爸好不尴尬。

京剧《红岩》也叫过《山城旭日》，是江青认为歌剧《江姐》太过于小资情调，而且少了许云峰等英雄人物，所以要重新搞个现代革命京剧，爸爸也就接受了任务，创作了京剧《红岩》的剧本。与歌剧完全不同，增加了许云峰、成岗等地下党员，反派也换成了徐鹏飞、卡尔逊等人。其中也有广为流传的唱段，像剧中许云峰怒斥敌人的一段：

> 这杯中红红的不是酒，
> 是千家血泪万家仇。
> 盘中不是鱼和肉，
> 民脂民膏当珍馐。
> 你们是两手鲜血的刽子手，
> 共产党员岂能与你们推杯换盏来应酬！
> 我的手可断，臂可折，
> 要想我举杯，除非是万里长江水倒流！

看着这段唱词，能让人明白一个道理，真是一个时期创造一个时期的文化。就像在现在的社会环境里，怎么也写不出如此"字字血，声声泪"的歌词来。

爸爸说过，在他的创作生涯中，最困难的应该算是在"文革"中对京剧《敌后武工队》（《平原作战》）剧本的修改，改了好几遍，怎么都通不过审查。

在他们刚开始写时，附近刚好也开始盖新楼，等人家楼都盖好了，爸爸他们的剧本仍然没改好。后来，新楼里搬进了新人，等人家结婚讨了老婆，都生了小孩儿了，他们的剧本还没有通过呢。

再后来，爸爸又被借调到中央芭蕾舞团，先是搞舞剧《纺织女工》的创作，紧接着又创作了著名的芭蕾舞剧样板戏《红色娘子军》的文学剧本。

对于爸爸能写舞剧，我小时候一直不解，问爸爸："你也不会跳舞，怎么还能写舞剧呢？舞剧需要写吗？"

爸爸说："舞剧也是戏剧啊，剧情啊，故事啊，情节都要写啊，包括一些舞蹈的动作名称都是要重新起名字的。"

这也看得出爸爸在创作方面真是全能，对各个剧种的掌握也很全面。《红色娘子军》在艺术上也真称得上是精品。

> 万泉河水清又清，
> 我编斗笠送红军；
> 军爱民来民拥军，
> 军民团结一家亲。

这首歌在当时也称得上家喻户晓、妇孺皆唱了。

10. 小时候，和爸爸去颐和园，他能把长廊上的每幅画都讲得清清楚楚，活灵活现，居然连一朵牡丹花也能说得神乎其神，估计这是他瞎编的。

我们家书柜里，有一队从小到大排列着的贝壳，那就是爸爸为创作《红色娘子军》，到海南岛体验生活时带回来的，还有海螺、海星，小时候觉得可稀罕了。爸爸那时天南海北地跑，倒也不忘给我们带一些小东西回来。

如果周末回家，遇到爸爸也回来了，我们都很开心，他是家里的开心果，有他就热闹。而且爸爸从来不会摆什么家长的架子，和我总是没大没小地闹个不停。我和爸爸当时最爱玩儿的一个游戏叫"双肩着地"，即看谁能把谁压在底下，并使其双肩着地，保持3秒钟。爸爸

我刚回北京时，和妈妈在一起我都很紧张。

总是搞突然袭击，假装不经意地走过来，嘴里胡乱说着别的什么事，眼睛还要看着窗外，趁我也扭头看时，突然把我摁倒，但我也总能飞快地转身趴下，手扒着床，他就想方设法地要把我翻过来。有时候弄得我哈哈大笑，笑得没劲儿了，他才能赢。不过我有时候也会来个突然袭击，一下子把他扑倒在床上，给他也来个"双肩着地"。这游戏我们俩好像百玩不厌，一连玩了好多年。

妈妈在周末，就没有这么开心了，一般都会有些不愉快，当然是因为我了。我的家庭联系本上，经常是写满了批评，而且总能在下午回到大院后至妈妈下班前的那段时间里，惹上几档子事。那时妈妈周六下班，几乎每次走到大院门口时，就会被一群小孩儿手拉手地拦住，说："阿姨，阿姨，阎宇今天又打人了。"妈只好认真地一一回应说："好好，我回去打他。"在姥姥家时，我也经常打架，而且常是跟比自己大的孩子们打，往往也是胜利者，每当人来告状时，姥姥从不会因此打我，妈妈却不同了。

对于我在幼儿园的"恶行"，大多数小孩儿都是找到我妈告状，让她打我，但也有个别的，会走爸爸的"后门"。记得我们幼儿园有个姓官的同学，他因老被我欺负就回家跟他家长哭诉，他爸爸问清是我之后，就对他说："你回去告诉他，我和他爸爸阎肃是好朋友。"那同学下周一回到幼儿园对我说："我爸和你爸是好朋友，所以咱们也应该是好朋友啊。"

我当即说："好吧，我以后一定会保护你，谁都不许再欺负你了！"

后来妈妈回想起我小时候的这类事时说，当时是不太懂科学，现在看起来，你小时候肯定是患有"多动症"，而且是"侵略性多动症"。

令妈妈头痛不已的还有我的脏。每到她把饭菜做好，总要为到哪儿能把我找回家吃饭发愁。开始还会让我姐姐找，可她哪有那力度啊？甭说姐姐找不着，就算找着了，我也根本不听她的。妈妈只好自己前

我怎么总是一脸坏相

院、后院地到处找，最后肯定是在某个砖堆或煤堆上，找到正在那儿"打仗"的我。我们那时最爱玩儿的，就是把砖堆搭建成炮楼，修工事，弄得浑身上下那叫一个脏啊！我妈气都气"饱"了。每次进屋前，她都要先拿小扫帚把我身上的土和沙子扫干净了才让进去，有时越扫越生气，扫着扫着，她就把小扫帚掉过来，照着我的屁股给我两下子，不过我也不觉得疼。

　　记得在小时候，妈妈几乎没给我买过新衣服，她说，实在是太浪费了，新衣服在我身上穿一天，也成破的了。所以一般都是她买回来布，给我做，像胳膊肘、膝盖、屁股等重点部位，都做成双层的。说实话，妈妈真是非常聪明、能干的人，结婚前她也不会什么家务，可她什么都是一学就会，就说做衣服吧，手巧得很。她给我做的衣服，结实不说，式样还很新潮，别人都以为是买的。

　　爸爸对我的顽皮并不会像妈妈那样深恶痛绝，比如，我那时很喜欢玩弹弓枪，这是妈妈最反感的，但我还是会经常在家里用弹弓瞄准某个目标，引而不发，当然姐姐是我永远的靶子。那时我和姐姐势如水火，她到处说我是捡来的野孩子。每当我用弹弓枪瞄准她时，她就会对着妈妈大喊着："他又玩弹弓了，还对着我！"妈妈听见就厉声呵斥："不许玩儿，收起来！"爸爸在一旁，只是说："你别老打你姐姐啊！"

我会狡辩道："我没打她，我是在瞄准她头上边的那根灯绳呢。"

听我这么说，爸爸准会又好奇了："你能一枪就打着吗？"

"当然能啦！"

姐姐一听，就哇哇乱叫着吓跑了。

小时候，我最爱吃的就数饺子了，不是有句俗话说吗"好吃不如饺子，舒服不如倒着"。妈妈在我刚回北京时曾问过我："你喜欢吃饺子吗？"

我说："那好东西哪吃得着啊？"

这句话把妈妈给逗得够呛，和爸爸把我的话学了好儿遍，就赶紧给我包饺子。等热腾腾的饺子端上来，爸爸看我像抢似的，怕我烫着舌头，就帮我用筷子先把饺子"夹"成两半，让我半个、半个吃。但我吃得很快，爸爸不停手地帮我"夹"，还供应不上呢，根本顾不上自己吃了。

那时周末要是一家人凑齐了，会打扑克牌玩，一般都是玩儿一种叫"争上游"的游戏。我和姐姐都会抢着和爸爸"一头儿"，因为和他一拨儿总能赢，就算牌不好，他也能糊弄过去。

有时也会玩儿讲故事，当然大多时候都是听爸爸讲，但奇怪的是，爸爸讲的，我都记不大清了，可能是讲得太多记混了，反倒是我姐讲的唯一一个故事居然记得很清楚：说一个傻子只会说3句话：我他妈的我；老子一时太高兴；那是当然！有一天晚上他做好事回家晚了，敲门，他妈问：谁啊？傻子答：我他妈的我。他妈开门让他进来，问：

干吗这么晚回来？傻子因为刚干了好事挺高兴，就说：老子一时太高兴。他妈一听：啊？那该不该挨揍？傻子说：那是当然！然后他妈就揍了他一顿。第二天一早，邻居有人被杀了，警察问：这是谁杀的？傻子正好开门出来，就答道：我他妈的我；警察问：你为什么杀他？傻子还想着前一天晚上干好事呢，就答：老子一时太高兴；警察问：该不该枪毙？傻子说：那是当然！于是警察就把傻子枪毙了。这叫什么故事啊！

妈妈那时候总会批评爸爸和我们在一起时，也没个"正形儿"，不像大人。我当时虽不太能理解妈妈的话，但也感到爸爸是和别人的爸爸有些不同：爸爸没给我起过小名，倒是经常会给我起外号，这是很少见的。因我小时候哭起来声音很响，爸爸说就连我的泪珠也特别大，于是就叫我"雨豆"；之后还起过很多怪异的名字，有的只用上一两回，就又换新的了，记也记不住。

跟爸爸上公园是一大乐事。那时我们家常去的是中山公园、景山公园。小时候，我最不喜欢去的是中山公园，因为一去那儿，大人就会没完没了地看门口摆的那些金鱼。我去公园就爱看爸爸出洋相，那时军容风纪管得很严，在公园里，爸爸经常会被值勤的卫兵提醒要系好风纪扣，还有他穿着军装又不敢吃东西，总是悄悄地趁没人注意，突然咬一大口面包，能吓我一跳。

现在想想，真是很怀念和爸爸一起去颐和园。尤其是最近这几年，可想找机会再拉着爸爸去一趟了，走走长廊，听听他讲长廊上那些画的故事。爸爸对历史、文学的掌故了解得非常细，讲得又精彩。他几乎能把长廊里每幅画的来龙去脉，都讲得清清楚楚，活灵活现的，三国的、水浒的、西厢记的，就连有的只是画着一朵牡丹花，他也能说得神乎其神的，估计这是他自己瞎编的。走在湖堤上，爸爸有时还会给我们折一小段柳枝，做个柳哨，吹起来"卟卟"直响。

小时候去的最远的要数八达岭长城了，要坐吉普车开很久才到，

姐姐永远都会和我抢爸爸

我们都特高兴。长城上风很大，能吹得我们直跑。我问爸爸："修长城干什么用啊？"

爸爸说："为了抵挡北方的敌人对我们的侵略。"

我又问："那挡住了吗？"

爸爸沉吟了一下，说："后来，敌人从南边打过来了。"

不管去哪个公园，我最怕照相了，因为老觉得自己长得不好看，站在那儿傻傻的，难受极了。姐姐长得好看，当然喜欢照来照去的。爸爸是从来不害羞，什么时候都是一副慷慨激昂的样子。一般要是有爸爸在身边，和我一起照，受他的感染，我也就自然些。妈妈不仅喜欢照相，还喜欢当"摄影师"，拿我们练手艺。后来妈妈还又学会了冲洗胶卷，并搞来一套冲洗的工具，在家里搭起个小暗房。我们家那时期的黑白照片全是妈妈自己冲洗的，我也会经常钻进那暗暗的、只透出些红光的小暗室，看妈妈调试着药水，摆弄着底片，不一会儿，照片就一一显现出来，效果还很好呢。

在我记忆里，爸爸好像就打过我一次。那是我在幼儿园又犯了什么错误，阿姨批评我，我不服气，就和阿姨大吵起来。也忘了她怎么惹着我了，总之到最后，我竟然捡起一小块砖头要砸她，吓得她满院子跑，我就满院子追，最后是被幼儿园养猪的饲养员赶来，一把夺下砖头，把我制服。园长一看，这还了得，让我罚站，当时正好赶上要吃午饭了，我嘀咕着：凭什么让我站着，不让我吃啊？一撒野，把放在楼梯旁盛满菜的几个桶全给踢翻了。菜洒了整整一楼梯。那天午饭，全幼儿园的小朋友都是吃咸菜、萝卜皮就着米饭。这可惹了大祸了。

第二天周六，大院的班车接我们回家，和我一起到家的还有两位老师，她们把我的所作所为跟妈妈严肃地谈了，而且在联系本上也写着：希望家长认真教育。老师走了，妈妈暂且没理我，我还挺奇怪：怎么也不骂我呢？原来妈妈知道，那天爸爸会回家，她是要让爸爸管教我。

　　等爸爸到家时，我已经躺在床上快睡觉了，爸爸进屋一看见我，就很高兴，"哈哈"笑着跑过来，拿挎包压着我，逗我玩儿。正高兴呢，听见妈妈在里屋叫他："阎肃，你进来！"

　　"嗯？你妈怎么不高兴啊？"爸爸进了里屋。

　　妈妈跟爸爸嘀咕了半天，过了一会儿，爸爸出来了，眼睛也不看我，说："你这个坏小子，怎么能把菜桶都踢翻了呢？"在爸爸的思想里，踢翻菜桶，造成那么大的浪费，是不可饶恕的，相比之下，打老师还不算严重了。

　　"谁让她们让我罚站，不让我吃饭呢？"

　　"那你不打老师能罚你站吗？"

　　"是她先惹我的"。

爸爸在做展望未来状，我在不自然地傻笑，只有姐姐是照相的老手。

"你这个混蛋孩子，还顶嘴！"

爸爸说着，气势汹汹地走到床边，我一看不好，赶快问："你要干什么？"

"干什么？你们老师让我好好教育你，那我就只好教育教育你。"

"怎么教育啊？"没等我把话说完，人已经被爸爸反转过来，屁股上狠狠地挨了几巴掌，爸爸边打还边说着："叫你踢翻菜！叫你打老师！"没等我开始大哭，他已经打完进里屋了，我干嚎了两声，一累，也就睡着了。那晚睡得还特别香。

对于爸爸那次打我，在小时候也不记恨他，因为我知道爸爸跟我很"哥们儿"。他打我肯定是妈妈逼他这么干的，因为爸爸怕妈妈，这谁都知道。

在我们家里，妈妈是绝对权威，如果有什么冲突，爸爸基本上是没有任何抵抗能力的。偶尔要是爸爸说妈妈两句，那肯定是妈妈没爱搭理他，随他说；再说多了，妈妈一瞪眼，爸爸就没声了。他们真正的吵架，我只见过一次。当然，起因也是我，总之惹祸的都是我。

那是一个星期天，我在院里玩儿的时候，和一小孩儿打架，把他打了，其实他也打了我，只是我忍着没哭，他却哭得惊天动地的，好像受了重伤似的。一会儿他爸爸来了，非常气愤地拉着他儿子，也押着我，一起到我家告状。妈妈一人在家，听完之后，照例还是说："这小子混，待会儿我打他。"可这回不灵了，那人好像一定要亲眼目睹我被"镇压"一样，没完没了地说，还越说越厉害，大有不杀不足以平民愤之感。这下妈妈也开始不乐意了，心想：我儿子再坏，也不至于就因为打你儿子两下就枪毙吧！于是一句气话脱口而出："谁让你儿子没本事啊，有本事也打他呀！"

那人一下愣住了，气得大叫，又说了若干恶毒的话，妈妈一生气把门一关，不理他了。我在一旁看呆了，这是第一次，我打架，妈妈不光没骂我、打我，还为了我跟别人吵架。我当时的第一感觉是：看来她真是我妈。原先我一直以为自己是她从沈阳捡回来的野孩子呢。家庭真温暖啊！

可没想到的是，那人没完呢。他在我家楼下一直等爸爸。那天快六点了，爸爸才从中国京剧团回来，刚到楼下，被那人叫住了："阎老肃，我有点儿事和你说！"

"啊，什么事？"

爸爸是地位越重要就越随和的人，对同事都非常客气。

于是那人开始历数起我和妈妈的不是，把刚才说我的恶毒语言，这回全用在妈妈身上了。好像我并没有多大错，反倒主要是妈妈的错了。最后那人说了一句很富有想像力的话："阎老肃，你好好管管老婆！"因为他的声音很大，我们家又住在二楼，妈妈听得是一清二楚，忍不住走到阳台，冲着爸爸喊："阎肃，你给我上来！"

爸爸应了一声，可人没动。

妈妈急了，又叫了两声。

爸爸虽然平时很让着妈妈，可他更重视同事间的团结，所以直等到那人把这点事儿反复说了几遍，最后实在是累了，不说了，才上楼回家。让爸爸好好管老婆？那不是笑话嘛，他又没有"军阀"爷爷那两下子。

爸爸进门后，埋怨妈妈道："你和人家吵架干什么呀？"

妈妈本来脸色就已经不好看了，一听这话，更火了。按妈妈的想法是，那人太过分了，小孩子打个架又没什么大事，你大人跑到家里来，整个就是无理取闹。妈妈还觉得委屈呢，不曾想爸爸回来了，不仅不帮着她，反倒向着外人说话。

而爸爸想的呢，是不管怎么样也不该和团里的同事吵架。

因出发点不同，爸爸和妈妈开始吵起来，并越吵越厉害。这回，爸爸没怎么让着妈妈，好像突然之间不怕她了。这就让妈妈更生气了，最后气极了，连推带搡地把爸爸轰了出去。爸爸只好乖乖下楼走了。

"滚出去，不许再进这家门！"妈妈用力把门摔上，气呼呼地坐在床上，忽然扭头又看见一旁已被吓呆了的我，更加气不打一处来："你也不是好东西，你也给我滚出去！"

"唉！"我正不知道该干什么呢，这下好了，听见妈妈的命令，像得了圣旨，赶快"滚"了出来。我晃晃悠悠地从家里所住的后院走到中院，又从中院溜达到前院。

"咦！爸爸！"我突然看到爸爸正坐在前院一幢小洋楼的台阶上，我立刻高兴起来，跑到他身边，挨着坐下。

爸爸看了看我，也没责怪我，过了半晌才说："小宇啊，你能不能哪个星期不打架啊！"

"嗯！"看着爸爸这么可怜，我也难受了，点点头。

爸爸看我还知道听话，就又笑了，过了一会儿开始给我讲一个什么山鹰的故事。细节我忘了，就记得好像有个什么人，为了保护什么山鹰的眼睛，大喊着跳下山涧了。听着故事我也忘了还没吃饭，也不觉得饿了，反而挺高兴的，好像我们是特意跑到这儿来乘凉的。

妈妈一直在家里却气得不行，邻居、朋友来劝也不行，还说要和爸爸离婚。直到后来，爸爸的一位好朋友丁家岐叔叔来替爸爸说了许多好话，才算没事了，并让人来叫我们回家。正好这时爸爸也讲完了故事，拍拍我说："走，儿子，快回家吃饭，老在这儿瞎坐着干吗呀？"他这么一说，弄得我倒忘了为什么出来了。

这个楼就是我们在灯市口的家。我和爸爸当时就是从这儿被妈妈赶下楼的。

那时候上学还是春季招生，一般是招当年3月底前满7周岁的孩子入学。我生日在4月，差了一个月，如果要找人说说，也应该能上，但妈妈说，儿子那么淘气，还是等再大1岁，多懂点儿事再上学吧。就这样我在幼儿园大班又多呆了一年。真不知我妈这怪想法哪儿来的。我倒是无所谓，还乐得多玩一年，可"空直"幼儿园的老师、阿姨们，就多受了一年的辛苦。

我因是早产儿，小时候身体壮是壮，但也不是很好，经常会闹肚子和发烧，而且总是这两样一起来。记得那时候，我经常是躺在床上，肚子实在闹得难受，想起来去上厕所，但刚一起身，头又晕得厉害，只好又躺下，可躺下后肚子又咕咕叫，真是难受极了。爸爸在这时，就会对我说："痛归痛，难受归难受，但总能过去，不会永远难受啊。你就想着以后不难受了的时候，就会好了。"慢慢地，我真学会了这么去想。直到长大后，在我面对不管是皮肉，还是心灵上的痛楚时，我都会想着：早晚会过去的。这样想着，痛苦也就真的过去了。

在我快八岁时，终于在老师、阿姨的盼望下，离开了我"统治"了近三年的幼儿园，到灯市口小学上学去了。

如众人所料，我上学的第一天就又打架了。因同座位的同学，越过了我给他规定的"边界"，我和他打了起来，老师把我拉到一边，批评我，我一生气把半个教室的课桌都推翻了。年轻的女老师吓坏了，把校长找来了。

在校长办公室，校长给爸爸打电话，爸爸当时正在京剧团开会，走不开，就给妈妈打电话，让她去接我，妈妈说："我可不去丢这个人！"爸爸只好给我们院办公室打电话，叫了个战士到学校把我接回家才算完事。

后来学校是在我写了检查，又让我妈写了保证书之后，才又同意我去上学。

我在灯市口小学上学的时间并不长，因老欺负别的同学，弄得有的同学家长有时会一路跟到学校，保护自己的孩子。有一次上学路上，我看见走在前面的一个小子是告过我"状"的，就踢了他一脚，没想到刚踢完，后脑勺上就挨了一巴掌，原来是他的叔叔，听说他老受欺负，特意跑来当保镖的。

在灯市口小学，有一件很莫名其妙、总能让我和姐姐傻笑不止的事，我们把这件事起名为"老万同志"。那是有一次，学校开什么人会，校长讲了两句之后，就介绍说："下面，请老万同志讲话。"

也许是"老万同志"这个称呼对我们小孩儿来说听起来很奇怪，反正也不知怎么回事儿，我们全都笑个不停，一拨人笑，其他人也跟着笑，最后弄得全操场的学生都跟着傻笑。我和姐姐回家，跟爸爸说起这事，边说边会笑个不停。

直到多年后，有时爸爸还会忽然从书房走出来，说："我现在说一句话，保证你们俩肯定会笑。"

"什么话啊？"我和姐姐异口同声地问。

"老万同志！"

"哈哈哈哈……"我们真的还是能笑个没完，真是怪了。

在任何学校，坏学生总是能很快地凑在一起，就像有磁铁一样。我上学不久，就认识了不少学校里更坏的一些高年级学生，他们教我旷课、逃学，还有抽烟。那时家里的三角柜里，有一筒爸爸的"中华"烟，他一直不舍得抽，那时候他都是抽"大前门"的，我就慢慢地一根、一根地偷拿出来抽，直偷得没剩几根了，爸爸还是没发现，他对东西向来没什么数的。说起来没人会相信，有时候抽烟是为了取暖。冬天旷课跑出来玩儿是很冷的，有时候，躲在砖堆后，冻得发抖，就说："抽根烟暖和、暖和吧。"

一年级还没上完，学校就因为我老惹事快不想要我了，我妈也快受不了了。原来在幼儿园时呢，我再淘气，也是一星期才回家一次，在家的时间加起来才一天半，妈妈一个人也还算应付得了。可现在上学了，每天都回家，几乎又是每天都惹祸，妈妈可坚持不住了，就跟爸爸商量怎么办，爸爸想了想，说："那就让儿子跟着我吧。"

"吃饭呢？"

"食堂呗，京剧团伙食不错"。

"你带得了吗？"

"自己儿子有什么带不了的，再说还有那么多同事呢。"

"我还怕他把你带坏了呢。"

"哈哈……"

就这样，妈妈带着姐姐还住在灯市口城里的家，我呢，和爸爸住到了西郊的中国京剧团院里，也就是现在解放军艺术学院所在地。我和姐姐都开心坏了，她是因为我终于"滚蛋"了而高兴；我是因为离开了总管着我的妈妈和总给我告状的姐姐，跟不管我的爸爸住一起，太棒了！虽然妈妈每周末还会来看我们，但已经很自由了，那里一定是我的快乐天堂。

11. 爸爸在中国京剧团，从事样板戏的创作工作，并任创作组组长。

中国京剧团院子很大，当时院内的建筑也并不多。

一进大门，竖有一标语牌：团结紧张，严肃活泼。门的两侧，沿着院墙各有一幢四层高的砖楼，一曰：白楼，一曰：灰楼。在大院中部靠北的位置，有一座很大的工字型红砖楼，那是当时院里最主要的办公、宿舍综合楼。与它相对的位置，是京剧团的练功房，多部著名的京剧样板戏就是在这里排演完成的。在大院的东南角上，有两幢五层高的家属楼，在它后面是游泳池，用青竹篱笆围着，挨着游泳池的是院内的一处禁地，有驻军、岗哨，当时被我们小孩儿称为"军博"。

在院子的东北角，是一个大足球场，但当时已经杂草丛生了，据说是时任团长的浩亮因怕那些武生踢球踢断了腿，不能翻跟头了，耽误演出，所以下令不许踢球了，于是球场成了一片荒草地。在大院的南部还填空似的散落着几排青砖青瓦的平房。

大院里所有道路的两旁，都种着密密的松柏，四季皆绿。院内果树密布，约有五六个成片的果园。有桃园、苹果园、梨树园，其中葡萄园最大，长长的，一眼看不到头。看管葡萄园的孙大爷是个老红军，别的小孩儿来偷摘葡萄时，他都是喊打喊杀的，见我来时，他就不管，可好了。

京剧团院内还有好几片枣树林，枣的品种也各不相同，有圆圆的"老虎眼"，还有吃起来又脆又甜的"大尖枣"；枣树大多长得很高大，枣熟了时，要拿根"椅子腿"使劲往上扔，击打树枝才能把枣"震"下来。

在几处平房附近，点缀着几棵略显单薄的海棠树和桑树。每到春天，海棠树开花最好看，粉艳艳的，像桃花，又比桃花多了一分春的感觉。整个大院充满了生机，这在大多是灰蒙蒙的北京，太难得了。

我和爸爸就住在那幢"工字"楼内。这楼现在还在，可能是重新粉刷过了，也可能是因为现在住的都是"军艺"的学生，当我在多年后再看到它时，觉得它的味道变了，已没有了昔日的纯朴，厚道。

我们那时住在三楼东侧的一端，一个两间的小套房，屋里除了两张床和书桌外，还有个书柜，对面屋里住着老导演李紫贵叔叔。

爸爸是在搞完舞剧《红色娘子军》后，又去中国评剧团帮助工作了一段时间，后为改编京剧《红色娘子军》等剧目，就被借调到了中国京剧团，从事当时"中央文革"直接抓的样板戏的创作工作，并任创作组组长。当时的中国京剧团可以说集中了全国戏剧方面的精英，都是最棒的。编剧、导演、作曲、指挥、演员俱堪称一流，光创作组里就全是大师：有李少春、关肃霜、张君秋、张春华等，还有大导演李紫贵、郑亦秋。爸爸之所以当组长，可能和他穿着军装有关，但爸爸在那个特定时期对任何人也都丝毫不带任何政治偏见，他主要是搞剧本创作，京戏大师们主要是"创腔"，合作得非常愉快。可以说，样板戏除了它历史上的局限性外，它在艺术性上，确是精品，很多词句真是经典。

我曾问过爸爸他写的这么多部戏里哪部戏里"阶级仇恨"最深，他想了想说："那大概要算是京剧《红色娘子军》了，每场都有'狠词'。"

后来我特意看了这个剧本，发现里面有很多唱词的确都挺"酷"的。经历过那个年代的人们可能都还有印象，不过我也想把一些唱段介绍给年轻的朋友们，算是了解一下以前吧。像第一场中吴清华死里逃生后的一段：

关黑牢三天未见一粒饭，
遭毒打遍体伤痕血未干；
湿淋淋分不清哪是血呀哪是雨？
黑压压看不清密密椰林哪是边？
这世道，谁肯听我诉苦难？
谁能替我报仇怨！
雷电哪，你为什么不化作利剑，劈开椰林寨！
五指山，你为什么不把五指攥成拳，打死南霸天！

之后，吴清华遇到洪常青，有一小段词：

黄连水里泡大我，
孤儿无家十三年，
哪里投奔哪里去，
我问遍大地问青天。

然后是清华开始诉说苦难经历了：

> 硬抓我这五岁孤儿立下一张卖身契，
> 从此锁进黑地狱，每日浑身血淋漓；
> 睡牛棚，盖草席，
> 芭蕉根，强充饥，
> 两眼望穿天和地，
> 孤苦伶仃无所依。
> 剑麻压在石头底，
> 筋骨磨碎志不屈，
> 死不甘心做奴隶，
> 不向老贼把头低。

第五场《山口阻击》中，洪常青们与敌人英勇战斗：

> 子弹打光用刀砍，
> 枪托砸断有铁拳！
> 满山岩石做炮弹，
> 一腔恨火凝刀尖！

看完这部剧本，真能感觉到那年代的阶级仇恨是真深啊。

爸爸在改编完京剧《红色娘子军》后，还参与并执笔了其他几部戏的创作，有革命现代京剧《草原兄妹》等。当然，那时候的作品明显带着时代特色，如《草原兄妹》里牧民格日勒的一段唱词：

> 早春天气，冷暖无常，
> 风云变幻要时刻提防。
> 阶级斗争，牢记心上，

莫忘了草丛沙岭还有豺狼！

学大雁并翅高飞无阻挡，

兄妹们要团结互助，勇敢坚强！

那些年，搞创作是很辛苦的，为了真实，为了贴近大众，爸爸经常要下到基层体验生活。他去过上海造船场，真的和老师傅们学会了焊铁板，去海南岛也是一住几个月。等到把我接来时，已是稍稍稳定，尽量少出差了。

"中央文革"很重视中国京剧团的工作，后来特

妈妈经常抱怨我们家缺个老工人

改名为中国样板团，待遇也越来越好。每个人都发两套灰色制服，称为"样板服"，每个人每天早晨都配发一个煮鸡蛋，下午、晚上还有加餐，俗称"样板灶"，这在当时是很好的了。有一次爸爸他们到地方县里演出，县文工团的负责人看到样板团的待遇，很是羡慕，就和县长抱怨说："你看人家样板团，人家有'样板服'，'样板灶'，我们有什么啊？"

县长说："人家有嘛，人家是革命需要。"

负责人问："那我们呢？"

"你们，你们是需要革命！"

在我刚到京剧团时，每天早晨起床，爸爸就带着我去食堂吃早饭，总会有叔叔、阿姨把发给自己的鸡蛋拿给我吃。爸爸看我从不知客气，吓得不敢再带我去食堂了，改成他到食堂把早饭打回来，我也乐得如

此，这样能在床上多赖一会儿。在京剧团吃了几年的饭，印象最深的要属爸爸用的那只巨大的青花瓷碗。好家伙，真大，如果装满了足够5个人吃的，也不知爸爸是从哪儿弄来的，可沉了。我觉得爸爸有时候会故意用些怪东西以示与众不同。后来，在我们离开京剧团后，就再也没有见过那只大碗。不过，在电影《我的父亲母亲》里，那"母亲"用的大碗，倒真是有些像。

在京剧团，我一下有了很多新的乐趣，其中我最喜欢的就是玩"斗蛐蛐"。

大院里，茂密的果树林、草地、小荒坡上，都生长着大量的昆虫，这下我乐坏了！这可是原来住在城里时，想都不敢想的啊！我开始整天穿梭于草丛之中，弄得我们的小屋里到处是蛐蛐、蚂蚱、刀螂、扁担（一种昆虫的俗称），还有各式蜻蜓，其中我最喜欢玩的是蛐蛐。

爸爸总是我最好的盟友，他不会像其他父亲那样就知道管教啦，约束啦，不停地讲大道理，不让你干这，不让你干那的。我爸爸是属于那种很"哥们儿"的父亲，凡在我想干什么，或想玩什么时，他大多数情况下不会阻拦，而是会帮忙。比如一看我喜欢玩儿蛐蛐，他就帮我找来各种养蛐蛐的家伙儿：有用完的墨水瓶、罐头瓶、罐头桶、破缸子。其中最好用的，就是玻璃的水果罐头瓶，圆圆的，里面也够宽敞，还是透明的，能看到里面的蛐蛐，又有盖子。

一天，我突然发现一只蛐蛐全身都变白了，好像得了什么怪病似的，忙拿着去问爸爸。爸爸看了也不太明白，就说："你去找李紫贵叔叔问问，他懂得多。"我就跑去问，大导演一看，笑了，说："它是在蜕皮，你抓的都还是'蛐蛐秧子'，等蜕完两次皮，变成黑色了，才是真正的蛐蛐呢。"

"噢。"我这才明白，连忙回去告诉爸爸这一重大发现。爸爸一看，觉得此中学问不少，干脆又在团里打听出谁懂蛐蛐，谁会养蛐蛐，于是带着我找到团里的一位"武生"陈宝忠叔叔家里。陈叔叔是山东人，玩蛐蛐多年了。我一看人家的蛐蛐，真开眼啊！可大了，让人羡慕死了。参观完后，陈叔叔教了我一些如何喂养之法，及如何分辨正经蛐蛐与"劳米子"、"棺材板"等旁门左道之类的差别。爸爸在一旁也认真地听着，弄得人家直纳闷儿。临走，陈叔叔又送了我两只蛐蛐和两个正宗的蛐蛐罐。这下我像发现了新大陆似的，原来还有专门养蛐蛐的罐，这更说明玩儿蛐蛐是正经事了。别客气了，当天我就逼着爸爸"吐血"，到院门口的土特杂货店给我买了四个新蛐蛐罐。过了些年，在我们搬回"空政"后，陈叔叔还来看过爸爸一次，我赶快凑上去和他聊了会儿蛐蛐，还是那么亲切。斗蛐蛐这爱好我也一直保持着，直到现在。

本来每天中午，爸爸都想按妈妈的规定让我睡午觉，这是我从小最烦的事了，妈妈不在，我当然不干了。旁边一位叔叔也跟爸爸说："他高兴去玩，您就让他去呗，您自己睡清净。"爸爸属于那种"听人劝，吃饱饭"的人，一劝就听，于是我争取到了中午这段大好时光。大人们都睡午觉了，院子里人最少的时候，我在骄阳下，不停地翻动着草棵、砖块、树根，兴奋地寻找着，抓捕着。有一次，在游泳池旁，我发现了一只很大的蛐蛐，立时紧张起来，因为觉得难得碰到这么大的，就没有贸然下手，想把它先轰到一旁的水泥地上，那儿比较开阔，容易抓。按照计划，我把它轰上了水泥地，它"卜，卜"连蹦两下，我摆好姿势，刚要下手，谁想它"卜、卜"竟连蹦了十数下，直蹦进另一边的草丛溜走了。"哎呦"，我懊悔极了，真是越小心还越弄丢了。找啊，找，怎么也找不着了，我不死心，一连来这里一个星期，最后，它也没有再出现，快成终身遗憾了。

玩蛐蛐的人都知道，刚抓回来的蛐蛐是要先养一段时间再斗的。可我那时不懂，每天中午抓蛐蛐回来，把放在怀里的装蛐蛐的纸筒，放在桌上，然后逐一拿起，打开一端，把筒里的蛐蛐倒进一个空着的鱼缸，全放进后，用硬纸壳盖上，蛐蛐们在里面开始互相乱打了。我透着玻璃看，把那些厉害能打的，再挑出来，放在罐里养，就算是住上单间了，那些残兵败将，到了第二天就被我喂猫了。

当我斗蛐蛐时，爸爸只要有空就一定凑上来看，我们俩还经常打赌哪只会赢，他总是输的。真像妈妈说的，他快被我带"坏"了。

有一天下午，我正在家里"检阅部队"，爸爸快步进来，双手攥着个报纸筒，说："快，里面有只大蛐蛐！"

原来是爸爸在四楼会议室开会时，忽然听到楼道里不时传来"嘟"、"嘟"的叫声，很响，很亮，他一想：这不是我儿子要的蛐蛐吗？于是爸爸就借口上厕所溜出来，顺声音一看，那小虫就趴在窗台上，爸爸赶快到隔壁办公室拿了张报纸，卷成筒状，掐紧一端，然后慢慢地走到窗台前，把纸筒放在前面堵住，另只手慢慢轰它，手忙脚乱之间真就把它逮回来了。

我兴奋地打开纸筒一端往里一看："嗨！爸，这是蝈蝈，蛐蛐是黑的。"

"噢！蝈蝈啊，可它叫得也挺好听。"

"那倒是，这也挺好玩儿的，可难逮了，我都没捉到过，你可真行！"

爸爸一看还得到表扬了，有些飘飘然，得意地接着开会去了。

到了秋天，院里的水果开始陆续熟了，其实对于我们小孩儿来说，熟不熟都一样，比如苹果吧，从它很小、很酸时，我们就偷摘着吃，一直吃到熟为止。说来也怪，院里的孩子们大多不敢去偷果子，他们怕被大人或看园人打骂。可我去摘，从没人说我、骂我，可能是看在爸爸的面子上。

每天下午上学时，我的书包里总是满满的，不是书，全是刚偷的水果，生的、熟的全有，拿到班里和同学一起吃。我上的第二个小学，是大钟寺二小，在农科院里面，班主任霍老师，当时觉得姓挺怪，直到后来电视里有了《霍元甲》，才不觉得这姓怪了。

和以前一样，我到了新班级没两天，就和班里的"三王"打了一架，没分胜负，奇怪的是，老师没怎么骂我们，可能是郊区学校的老师对打架司空见惯了。于是，胆大起来，等到下午上手工课，班里的"大王"过来跟我挑衅，说："你打不过赵溪，你就得排'四王'，我是'大王'，你得听我的。"随后他为了示威，把我的椅子踢翻了，我只好出击了，把他摁在地下打了一顿。在挨了老师一顿骂后，我成了班里的"大王"。

在新学校，我突然变得各方面都很不错了，不光学习好了，长跑、短跑都是第一；手工课上做手工活，组装摁扣板，我也最快；玩骑马打仗、打架什么的，就更是最厉害了。每学期的学生手册上评语一栏，总会写着：希望该同学在下学期，能改掉爱打架的坏毛病。

那时候爸爸很少管我上学和学习的事，他一直觉得我学习和玩儿的事自己都能搞得定，不用他担心。而且他不像大多数中国家长那样"望子成龙"，说是为了孩子成才，其实也是为了满足自己的虚荣心，逼孩子学琴学画儿的。记得在空政时，有个小孩儿刚跑下楼要和我们玩儿，他妈妈就在楼上喊："小宝，还有5分钟啊，要练琴啦。"他出来玩儿都是用分钟计算的，那可怎么玩儿啊？还有一个钢琴弹得很好的朋友长大后对她妈说："我是能弹一手好钢琴，但我失去的是快乐的童年。"

爸爸可不那样，在他有空儿时，跟我聊的都是玩儿的事，还教会了我下跳棋、象棋，而且，对于玩儿，爸爸还总是很虚心地向我请教。

"文革"时期，很多学校都处于半工半读的状态，上午上文化课，下午做手工，算是学工了；有时拔草，就算是学农。我们当时是在郊区，有拔草这方面的条件。放暑假时，也不知为什么，要求每个学生在开学前，上交80斤干草，大概是要培养我们"学大寨"的意识，当然那时还不懂环保呢。我回家问爸爸怎么能弄到干草，他说："你得先拔些新鲜的草，晒干了，就成干草了。"

我说："我的天哪，到哪里去拔那么多草啊？"

爸爸想了想说："咱们院不是有好多草堆吗？你去找人家，好好说说，要点儿不就行了。"

于是，我也没跟谁说，直接东抱一把，西抱一把，捆了一大捆，连自己都抱不动了。那时真怪，到处都有草堆，爬上去软软的，很好玩儿。

小时候淘气的孩子，身上总会青一块，紫一块的，我就是这样，一年到头，身上总带着伤。爸爸有一盒"康肤膏"，他可迷信它了，不论我是擦伤还是磕破了，他一律都是给我抹上些"康肤膏"。别说，还真管用，比红药水、紫药水强。现在想找都找不到这种药膏了，也不知道爸爸当时是从哪儿找来的。

在"文革"期间，爸爸接受过一个特殊任务。

一天，当时的北京市委书记吴德找到我爸，说要交给爸爸一个非常机密的任务：让他把李玉和"救活"了。

起因是这样，毛主席在看到样板戏《红灯记》中，李玉和一家都被敌人杀害时，非常难过，说："这么好的人，怎么就让他们死了呢？咱们当时在那儿附近不是有柏山游击队吗？"于是老人家指示，要想办法把李玉和一家救活了，并点名要阎肃同志完成这个任务。

由于这在当时属高度机密的任务，爸爸就被"关"在院里的一个白色小将军楼里改剧本，并且不许和外界联系，每天由专人给他送三顿饭。突然之间他就像失踪了一样，弄得大家谁也不知道爸爸去哪儿了，干什么去了。我呢，傻傻的不知什么事，以为是又搬家了，照玩儿不误。

爸爸后来提起这段经历时说，他那时在小楼里可是真犯了愁喽。他琢磨着，这可怎么改啊？因为《红灯记》整个戏的基础就是革命大悲剧，很多唱段都是围绕这个主题来的，整部戏最悲壮，也最感人之处就是李玉和在雄壮的革命歌声中毅然走向刑场。这时候如果突然让他活了，那可怎么交待啊？爸爸当时甚至自嘲地说："要是把他弄活了，我就快活不了了。"

硬憋着改了两个星期，爸爸觉得实在是没办法改，就给吴德写了封信，婉转地把不能改的理由告诉了他。大概又过了两周，吴德找到爸爸，说，他把意见报给了毛主席，主席说，那就按阎肃的意见办吧。于是爸爸又从小楼里出来了。

上二年级时的冬天，家里忽然接到从沈阳的来信，说姥姥快不行了，想见见我。当时爸爸、妈妈都走不开，就由在本溪工作的大舅，把我顺路带到沈阳。在火车站，大舅接上我回家。那天沈阳刚下过大雪，再一冻，路很滑，我穿着塑料底的棉鞋，被大舅拉着，还摔了一路的"跟头儿"。

到了家，姥姥坐起来，招呼我赶快上炕暖和暖和。看见姥姥，我已经非常陌生了，我已记不得三岁半以前的事了。我把姥姥对我的亲，对我的好，全忘了。

姥姥搂着摩挲着我，说："长大了。"不舍地看着我。我不自在起来，一会儿，觉得不冷了，就又跑下地去玩儿了。姥姥还是像以前一样，任着我的性子。

姥姥得的是肺病，她们姐妹在河北老家时，从小就抽水烟袋，这

妈妈抱着姐姐，姥姥抱着我。说实话我是够难看的，也就是姥姥不嫌弃我。

是满族人的习惯。多年来积下气管炎的毛病，导致晚年形成了肺气肿。也可能是看见了我的缘故，姥姥身体又好了许多。住了一段时间就到了放寒假的时候，索性就又住下去，几个姨、舅舅又疼我，我也玩儿得挺开心，一直到快开学了，妈妈来信说，既然姥姥的病不碍事了，就回来准备开学吧。爸、妈还是没空来接我，就由大舅把我送上火车，交待给列车员，对我又千叮万嘱的，等车开了，还站在那里不停地挥手。

我一路蹦蹦跳跳地回到了北京，进站后，按大舅的嘱咐坐在位子上不动，正东张西望时，有人拍了我头一下，一看："啊，三叔"，是我姑父的三弟，我也就顺着叫三叔，他是体育老师，踢球很棒，跟我很好。我跟着三叔先回到了位于朝阳门的姑姑家，一进姑姑家住的小四合院，我就大喊着"姑姑、姑父，我回来了！"也搞不清是哪个门，就挨着个地把院里各家的门都推开了，边推还边喊个不停。这下好了，全院的人都被我叫起来了。

在我回北京不到两个月，姥姥真的不行了，妈妈又赶紧带着我回到沈阳。

姥姥走了，妈妈料理完姥姥的后事，失落地看着我，说："你怎么不哭啊？姥姥对你多好啊，你还不如弟弟懂事呢。"我呆呆的，我也觉得可能应该哭，但真的不知道伤心，我把姥姥全忘了，一点儿都想不起来了。直到长大后，听大舅、四姨、三姨、小姨述说起姥姥的不幸，姥姥对我的慈爱，我好像才在朦胧中，又看到了从前，看到我儿时的场景，看到那世上最爱、最疼我，和我最亲的姥姥。

1976年的冬天很冷，直到4月了，也不见暖。一天中午，妈妈突然回来了，说要带我去天安门。

下午，我和妈妈到了天安门广场，人密密麻麻的。纪念碑上摆满了花圈，汉白玉栏杆上也插满了白花，我知道这是纪念周总理的。学校里也早发了白纸，让大家做白花，我的胸前也别着一朵。妈妈领着我走上纪念碑，让我把帽子摘了。我觉得有些冷，可还是摘了。我们往前走了两步，妈妈拉着我对着纪念碑鞠了三个躬，然后说："把你的花儿留在这儿吧。"我便把花儿摘下放在了石阶上，跟妈妈从另一侧走下了纪念碑。妈妈回头看了看纪念碑，又看了看我，想要说什么，却发现我手上还拿着朵白花，我解释说："刚才下来时，我又捡了一朵，学校要求都要戴的。"妈妈也就没再说什么了。

那天，天很阴，很黑，妈妈看快晚了，就拉着我离开了广场。

后来我才知道，那天是清明节，是爸爸让妈妈带着我去广场纪念总理的，他自己去不了。在我们离开广场不久，即发生了震惊全国的"天安门事件"，整个天安门广场被戒严，抓了很多人。妈妈在广场上照的一些照片，也吓得不敢洗了。

爸爸没去天安门，但他竟然在创作组的办公室里私设灵堂悼念总理，团里很多人都去了，大家也都为爸爸捏把汗，好在没出什么事。爸爸后来还写过一首纪念周总理的歌词《肝胆照春秋》，记得其中几句：

> 一生昭昭岁月，任凭风雨稠，
> 惊涛骇浪里，谈笑取轻舟。
> 从来高瞻远瞩，韬略有奇谋，
> 大智复大勇，青史写风流。

终于等到天暖和了。

小时候最喜欢的就是夏天，听着蝉鸣，听着蛐蛐"嘟儿、嘟儿"叫就高兴。

夏天的一个深夜，人们都已进入了梦乡，世界又交还给自然界主宰。昆虫们开始欢歌，树木也开始了他们的"温温"细语，连桌椅都不时发出"咔"的一声以响应这无边的乐趣。忽然，满屋子的瓶子开始剧烈地摇晃，相互碰撞的声音"当、当"乱响，接着，整个楼开始颤抖了。我立时被吓醒了。这时爸爸已跑过来："快穿鞋，地震了。"

从爸爸并不慌乱的口气里，我减少了些恐惧，但还没顾得上多问，奇怪，我姐哪儿去了？

就已被爸爸抱起，三步并两步地下了楼。一出楼门，我就高兴了，全都是人，真好玩儿。大伙儿在楼前一片空地上，聚集起来，议论纷纷的，我倒觉得热热闹闹的，捅捅这个，拉拉那个，爸爸一直不怎么紧张，只是叫我别闹了。

那夜，爸爸不知从哪儿找来一把藤椅，让我蜷在椅上睡了。爸爸在一旁和别人聊天儿，一宿没睡。我记得很清楚，那晚我被蚊子咬了三十多个包。

到了第二天，上级通知，有可能发生余震，一律不许回楼睡觉，还在所有的楼门上贴了封条。于是爸爸找人搬来张单人床，放在离白楼有一段距离的水泥路上，据爸爸说，白楼里钢筋多，最结实。又在床头、床尾各绑了两根棍子，挂起蚊帐，这就成了我临时的家了。到了晚上，有些小孩、大人也会凑过来，让爸爸给我们讲笑话。爸爸说：人生的"四大乐事"是：拉野屎；放响屁；坐牛车；到丈人家。说"拉野屎"是，人憋得难受又找不到厕所时，突遇一片荒郊野地，这时跑到野地里去"拉"，最痛快了；在可以毫无顾忌的情况下，放个"长而响"的屁，也会非常舒心；坐在牛车上晃晃悠悠的，偷得浮生半日闲，当然舒服了。这时我问："那到丈人家怎么好啊？"

爸爸说："到老丈人家，丈母娘给你煮鸡蛋吃啊。"

"哈哈……"大家都笑了。

爸爸等我睡着后，他就溜跑了。后来我才发现，他是翻窗户，悄悄爬进白楼的办公室里睡觉去了。他不相信有那么多钢筋的"白楼"

能被震塌了。

唐山大地震的余威很久都散不掉，尤其又听说因地震死了很多人，大家就更不敢稍有松懈。院里有些家里有"壮劳力"的，都开始在果园或树林里搭地震棚，还有的，干脆挖个"地下工事"似的家，先挖个坑，上面盖上油毡，有的甚至还安置上炉子准备过冬，摆出打"持久战"的架势了。

爸爸也觉得不能老让我在露天睡啊，就找团里借了两间平房，于是，我们就在灰楼前的一排平房中住了一小段时间。那时候总停电，晚上最好玩儿的，就是拿手电筒照人玩儿。我用爸爸教的方法，把电筒贴在脸上突然打开，伸长舌头的怪造型，吓哭过好多小孩儿。

自从我跟爸爸住到京剧团后，就变成妈妈每周末带着姐姐来看我们。住上一两天，周一早晨一大早再走。也可能是不常见我的缘故，妈妈对我也不像以前那么严厉了，有时遇到我淘气，也睁一眼，闭一眼的。但还是会经常教训我，妈妈和我有一段"口令"般的对话说过无数次：

妈妈问："为什么老搬家？"

我答："因为我要转学。"

"为什么转学？"

"因为我淘气，学校不要我了。"

"那知道淘气，以后怎么办？"

"以后改。"

等到地震风波平息后，京剧团为了照顾我们家团聚时住得更方便，就在家属楼的一个单元里，给我们腾出一套三间的住房来，还配了很多家具：有大沙发，沙发床，可舒服了。我最高兴的是，有一个单独的房间可以给我养蛐蛐玩了。

12. 很多人认为阎肃老先生性格开朗，随和，从不争强好胜。爸爸在外面的确如此，可在家里他对胜负观还是看得很重的。

很多人认为阎肃老先生性格开朗，随和，从不会争强好胜。爸爸在很多方面的确如此，但他对胜负还是看得很重。

爸爸和我在不同时期，有不同的竞争游戏。小时候当然就是"双肩着地"的比试，一直到我上小学二年级了，爸爸发现越来越难赢我了，他就不玩儿了，改下象棋了。

爸爸的象棋下得挺好，属于院里的一流高手，开始赢我是"小菜一碟"，等我上到三年级，院里的大人几乎都下不过我了。一天，我又拉着爸爸下棋，我知道，我能赢了。爸爸下到一半，意识到问题的严重性了，知道我是有备而来，于是开始想办法了。他很少戴手表的，就问我几点了，我看看告诉他，爸爸立刻摆出很匆忙的样子说："我要开会了。"说完就走了。

我不情愿地追着他说："你们星期天还开会？那这盘棋，等你回来再接着下啊！"

等到我出去玩儿了一圈，再回家时，发现棋已经被爸爸收起来了，我问爸怎么给收起来了？他说，忘了。我就拉着他重新开局，他死活不下了，这时我才知道上当了。从那以后，爸爸再不和我下棋了，而且好像就不再玩儿象棋了。所以，他到现在都得意地说，他没输过我。

我们家住过的大院一般都有游泳池，夏天，爸爸常带我们游泳。开始时，他把我往深水池岸边一放，说："自己扶着池边，扑腾，扑腾，喝两口水就会了。"我就这样慢慢会游了。

爸爸游泳很好，能半躺在水里，手里举着张报纸看，嘴里还叼着烟，用脚一蹬池壁，人就慢慢漂着，一会儿就漂到泳池对岸，一转身，顺手在池边弹掉烟灰，再在池壁上一蹬，又漂回来了，还保证报纸不湿。爸爸说，这其实不难，主要是要保持平衡，在水没过耳根时，不要紧张，提口气，人自己就能漂起来。爸爸的另一手绝活是：先将自己体内的气几乎完全吐出，然后潜水到2.5米深的池底坐下或躺下，厉害吧。

等我长大些时，就一直想和爸爸比试，当爸听别人说我已游得很好了，他就基本上不和我一起游了，我还是得不到和他一比高下的机会。

反正我知道，看上去事事无所谓的爸爸，其实对胜负看得很重。这种胜负心在工作中，也就成了精益求精，对自己的严格要求，包括在"文革"中的为人和作品。

1976年真是中国的大事年。年初，周总理逝世，随即朱老总也辞世了；夏天，唐山大地震；到了9月，新中国的缔造者，一代伟人毛主席也与世长辞了。正当全体中国人民陷入深深的悲痛及惶恐中时，又是一声惊雷，"四人帮"刹那间被粉碎了！

一天，我放学刚走进大院门口，电工房徐师傅的儿子喊我："小宇哥，那边大字报上表扬你爸爸呢，说给你爸爸鼓掌。"

"是吗？"我顺着他指的方向，走到一处大字报栏前，有一张大字报醒目的标题是：《向阎肃同志猛击一掌》，我当时虽然才9岁，但仍然隐约感到这不是单纯的鼓掌，也不太像是表扬。因认字有限，大字报的内容也看不懂，就尽快回到家。

爸爸正在家看书，也没看出有什么不同，听我说完大字报的事，倒笑了，说："傻小子，你都看了，懂什么意思吗？"

"不懂，他们说是给你鼓掌，可我觉得不像。"

"你还挺明白啊。"爸爸没再说下去，岔开了话题。

后来有那么几天，爸爸难得的经常在家，看书，整理些资料。后来才知道那是在接受所谓的审查。个别人想当然地认为，"文革"期间爸爸那么受重用，又参与了多部样板戏的创作，肯定应该有些问题。

一荣俱荣，一毁俱毁，这都快成了中华民族特有的思维习惯了。

在那小段可称得上人生低谷的日子，爸爸并没有表现出任何反感与不安。爸爸一贯相信组织，也相信自己。

我的老爸真是非常正直、本分的人，这是所有了解他的人都清楚的。他得势时从不傲视欺人，失落时亦能谈笑自若。他自己就常说："得意时不要在群众之上，失意时不要在组织之外。"

他从不害人，严于律己，更不向组织提任何要求；一生正派，从不阿谀奉承，溜须拍马。"文革"中，从某种意义上讲，他可算得上是浪尖上的人，在如此靠近上层的人当中，只有他，没给"中央文革"首长写过效忠信，更没写过立功检举信。"文革"中，某首长曾几次劝他脱掉军装，调到文化部委以重任，都被爸爸婉言谢绝了。首长曾不满地问："你不想跟首长干革命啦？"爸爸答说："自参加革命以来，什么都可放弃，但唯有这身军装难以舍弃。"看爸爸态度坚决，首长亦只好作罢了。

对于样板戏过于夸大阶级斗争的问题，爸爸也曾说过："现在文化部都快改成公安部了，每部戏都得抓个坏人出来。"这话很快传到中央文革某首长那里，引起很大的不满，但碍于爸爸在业务上的权威性，才没定为反动言论。

爸爸从不想着去当官，如果他真是官迷，恐怕还真出问题了。他不光没有当官的瘾，在我看来，爸爸一生虽然有些成就，被冠以这家那家的，但他自己却没太以艺术家、剧作家等自居。他始终认为，自己首先是一名老兵，一名空军的老兵，这是他的根，他的本。为部队的文艺建设、文化宣传发挥自己的作用，是应当应份的。就是凭着这种思想，他才真正做到了长盛不衰。

那段时间，我虽然不太知道发生了什么事，但好像也一下变得安静了许多。有时候，一个人闷了，心烦了，就会走到楼根底下，紧贴着墙壁，抬头往上看：红红的砖连成一片，显得又高又宽，接近了蓝天……这时会觉得自己是那么小，才一点点大，这样看着，看着，就不闷了，也不烦了。

经过不长时间的审查，历史给出了正确的答案，爸爸一点儿问题都没有。

但遗憾总还是有的。

"文革"中任文化部长的于会泳，没能经得住心理上的压力，在狱中自杀了。

记得有一次，他来京剧团安排工作，刚巧我从楼门口跑出来，被一把扫帚绊了一下，我一脚把扫帚踢飞了。这一幕被于会泳看见，笑问："这是谁的孩子？这么厉害！"旁边人答道："阎肃的儿子。"

他笑了："我说呢，这孩子将来准厉害，连扫帚绊一下都不行。"

在我还住在灯市口的时候，有一阵子喜欢玩儿烟盒，爸爸没有那么多好烟，都是找于会泳要好烟的空盒，带回来给我玩儿。他有时候烟还没全抽完，就把烟先倒出来，把盒给我。于会泳本是一位非常有才华的音乐家，由于选择了错误的政治道路，导致可悲的结局。

还有当时京剧团的团长浩亮，他原本是一名非常优秀的武生演员，因饰演李玉和而名声大振，但也给他带来了是是非非。他对我们家一直非常关心，对我的生活也时常过问。在政治大潮的漩涡中，个人的力量是渺小的。在浩亮被判刑期间，我们都很关心，想去看他，但一直没有合适的机会，后来听说他出来后，又开始从事京剧教学工作，生活得挺好，我们全家人都很为他高兴。

"文化大革命"对每个人的冲击都是巨大的，对我们国家造成的损失是不可挽回的，对中华民族优良传统的破坏是难以估量的，对人性的颠覆是无法弥合的。它存在了10年，但它的破坏力直至今日还在蔓延、游荡。中华民族传统美德的回归还远没有完成。

粉碎"四人帮"后，爸爸在中国京剧团又写了一部戏，是和剧作家吕瑞明叔叔共同编写的历史京剧《红灯照》。每当提起这部戏，爸爸也是感慨颇深。

那还是在1964年，毛主席有一次接见中国京剧团的部分演员时，问："你们在排演什么啊？"当时刘长瑜阿姨答道："我们在排演《红灯记》。"

主席说："你们以后也可以演一演红灯照啊，那个故事也是很感人的嘛。"

消息传回京剧团，领导们就开始规划部署，但"文革"开始了，江青认为《红灯照》是历史题材，不是革命现代戏，因此也就被耽搁下来。

爸爸说过，其实现代戏也不是"文革"的产物，他和汪曾祺先生都在"文革"前写过现代京剧。汪曾祺先生写的是《雪花飘》。爸爸在"文革"前和剧作家王雁先生合作编写的《年年有余》，是描写人民公社现代农村妇女的，一个保守的老头的儿媳当上生产队长的故事。这部戏由表演艺术家马连良、张君秋主演，全剧没有一句对白，从头到尾全是唱，相当过瘾。后来张君秋大师还多次跟我爸说，希望能再写一个类似这样全是唱的戏呢。

为了写好《红灯照》，真实再现当年义和团、红灯照抗击八国联军的光辉历史，爸爸他们到天津、河北武清县，把所有活着的老义和团员都走访到了。剧本创作、导演排练都非常快，在1977年10月，粉碎"四人帮"一周年之际，推出公演，轰动一时。

红灯闪，红巾挥，
杀声起，满天雷。
大师姐，二师妹，
耍起刀，快如飞。
练好武艺杀洋鬼，

明日车站显神威。

当时的党和国家领导人华国锋、叶剑英、李先念等同志均来观看了演出，给予高度评价，并上台与演职人员合影留念。合影时，爸爸站在了华国锋同志的身后，和当年《江姐》一剧合影时所站的位置一样。邓小平同志当时因为还没有复出工作，所以没来。

我没看过《红灯照》的正式演出，觉得麻烦，但是排练倒是一直看，那时候就知道女演员们打得挺好玩的，尤其是合唱这个唱段时，好多女演员列队拿着刀，在地上连滚带爬的，想学都不容易。

1977年，空政要复排《江姐》，经组织决定，爸爸从文化部的京剧团又调回"空政"，这也是爸爸自己的决定。我恋恋不舍地离开了那座大花园，跟着家人搬到了位于北京西郊的定慧寺"空政"院内。

"空政"的院比京剧团小了不少，这原是一座古寺院，当时院内的建筑都是平房。我家就住在大院的西半部，中间的一排平房最东端的三间。这里每家房前都有一小块空地，各家就种些花草、蔬菜什么的，比起现在住的高楼单元房，倒显得有情趣得多。

爸爸回到"空政"，除了配合复排《江姐》的工作外，很快又投入到歌剧《忆娘》的创作中。这部歌剧描写一位女华侨，在"文革"期间的种种遭遇及奋发向上的故事。为使爸爸静心创作，单位特为爸爸和另一位编剧王剑兵叔叔寻找到一处安静的所在——香山。正巧赶上我放暑假，就跟爸爸一起去了。

我们住在香山半山腰上的一处道观中，幽静异常。每天，爸爸他们闭门创作，我呢，就自己瞎玩儿，倒也自在。

由于处于半山腰中，使原本就不高的古刹建筑，皆被隐于郁郁葱葱之中。观内树木林立，遮天蔽日，给人以一片肃然的感觉。尤其在观内一侧，有一深达十几米的长方形大坑。坑内生长着数十颗直径一米以上的参天大树，非常雄伟、壮观。有时晚饭后，爸爸领我散步至此，我会问："爸爸，你敢跳下去吗？"

爸爸看看深坑说："要是后面有几条大狼狗追，就敢跳了。"

"哈哈……"

爸爸总是这样瞎说瞎逗的。在观内的这些天，他怕我一个人会闷，几乎每天散步时都会给我讲一个笑话，其中有这么一个：

有一家，夫妻二人，非常穷，家里除有小半缸米之外，炕上连被子都没有。一夜，一贼进入屋内，四下一摸，什么都没有，仅有小半缸米。贼这个气啊，心想，那也不能白来啊，就要把米偷走，但缸太沉，就想用身上穿的棉袄把米包起来。于是他把棉袄脱下，铺在地下，转身去搬米缸。正巧此时，家里的男人被冻醒了，借着月光扭头一看，见一棉袄，喜出望外，赶快伸手拿起棉袄盖在身上，心想这可真好。这时，那贼抱起米缸，估摸着放棉袄的位置，轻轻一倒，"哗"的一声响，把贼吓了一跳，心想，米倒在地上的声不对啊，棉袄哪儿去了？声音也把家里的女人吵醒了，急推男人说："唉，你听刚才有声音，是不是有贼啊？"

男人正因盖着棉袄暖和了，高兴着呢，就说："没贼。"

小偷一听这话，不干了，说："没贼？不能！没贼我棉袄哪儿去了？"

这故事后来成了我和爸爸互相逗闹时最常用的段子，经常任意发挥。有时他找不着东西，问我："坏小子，拿我钢笔了吗？"

"钢笔？没拿！"

"没拿？不能！没拿我钢笔哪儿去了？"

说完我们俩能"哈哈"傻笑半天，效果和当年的"老万同志"差不多。

夜色中的香山，在幽静中吐露着大自然的讯息；风中林木的细语，和着蛙鸣、虫吟，奏出一首欢快不间断的交响曲；但又是那么静，我想在山林里生活，一定会比在喧嚣的城里要诱人得多。

我的爸爸 **阎肃**

MY FATHER YAN SU

我跟爸爸住到暑期结束，妈妈来接我，送我去新学校。这次我转入的是六一小学，妈妈好像认识这儿的老师。妈妈先带我去了办公室，在简单交谈后，老师带着我们去教室。

这里是一排排的平房，操场不大，我走在老师后面，刚拐过一个转弯，跟在我后面的妈妈忽然拉住我，飞快地从包里拿出一条红领巾系在我脖子上。我一愣："干吗？"

妈妈说："你别管！快跟上老师啊。"

我像做了贼似的跟着老师进了教室，老师介绍完我名字后，接着说："大家也看到了，新来的同学也是一名少先队员，大家鼓掌欢迎。"在同学们稀稀拉拉的掌声中，我就这样被妈妈发展成少先队员了。

记得1994年我去沈阳四姨家玩儿时，恰巧上一年级的小表妹珠珠放学回来，一进门就喊："妈妈，拿钱！我要入少先队了，要买红领巾。"

我忙问："这么棒啊，你们班这批发展几个同学入队啊？"

"全入，全班全入。"

"啊？"真是时代不同了，想想我那时候想当个少先队员是多么艰难，也是我太淘气了，只好逼得妈妈当了回组织。

新学校的同学大多是四季青、玉渊潭公社农民的孩子。他们看我新鲜，我看他们也新鲜。我成了这所学校全年级学习最好的学生。

那时候，整个社会在经过十年文化沙漠后，又开始现出勃勃生机，同时也在越来越深入的反思"文化大革命"，同时还涌出很多这方面题材的电影、戏剧作品。爸爸和王剑冰叔叔合作创作的歌剧《忆娘》（开始叫《华侨姑娘》），是歌剧舞台上最早表现华侨生活的剧目，由作曲家羊鸣、朱正本叔叔谱曲，但在修改排练成熟后，并没有及时公演。因为当时还没有全面否定"文化大革命"，这部戏也就错过了最佳的面世机会。但剧中还是有不少好听的歌曲：

　　小小船儿摆呀摆，

小鸟儿归巢来，

飞过山呀越过海，

女儿回娘怀……

这首歌当时听起来透着一股清新，还有，爸爸也算是吸取"教训"，一开始就写了该剧的主题歌：

明月照故乡，皎皎万里霜。

琴声儿悠扬，心潮儿激荡。

啊，祖国，我的故乡，

银纱朦胧，花树芬芳，

想念你，祖国，我的亲娘。

在1979年，新中国30周年大庆之际，爸爸创作的京剧《红灯照》和歌剧《忆娘》双双获得文化部颁发的创作一等奖。

13. 我参加北京市中小学生读后感竞赛，爸爸帮我写了一篇文章，得了三等奖。

二十世纪七十年代末的中国大地，就如同一片刚经历过一场大火的山林，虽满目苍凉，但一场新雨过后，处处都孕育着生机。整个社会，也因1978年恢复高考而变得学习气氛浓烈起来，大家开始重视学习，重视科技。家长们开始有了新的期盼，盼望孩子们考入好的中学，进而争取能成为人人羡慕的大学生。

说起来可能没人相信，从我上小学到大学毕业，爸爸从来没看过一次我的作业，没给我开过一次家长会，甚至没认真问过我的考试成绩。不过他好像对我的学习蛮有把握的。记得有一年，因我误了课，妈妈找来一位化学老师给我补课，来了一次后，我就跟老师说，不用来了。过了几天妈妈碰见那位老师，问她怎么不来了，老师说你儿子说的不用来了。妈妈回家，气呼呼地说我不听话，爸爸在一旁插嘴说："这孩子聪明，你别瞎操心。他说不用，肯定是他会了。"爸爸就是这样，他要是觉得你行的，就绝不再多问。

要说阎老从未关心过我的学业，那也是冤枉他。他唯一建议或说指导过我的，就是让我学唐诗。那年的暑假，爸爸给了我一本刘逸生先生编著的《唐诗小札》，说："坏小子，你要把这本诗背熟了，任何古诗词、古文，你就都不怕了。"

"是吗？"我斜眼看着从小就老糊弄我的爸爸。

"我就全会背。"爸爸加了一句。

于是那个月，我真背了那册子里的50首唐诗，直到现在都还记得。我平时不是很喜欢问问题的，但听爸爸讲解古诗，的确还是很有趣味。曾有个向爸爸请教古诗的学生说："阎老师，听您讲唐诗，就像您是从那个朝代刚回来的人似的。"

有一次我正在背韦应物的《滁州西涧》，念着其中两句"春潮带雨晚来急，野渡无人舟自横"。爸爸正巧路过，就顺便讲了个典故，说，有一年考秀才，考题就是以这句为题，画一幅画。考生们于是大致都画出：青山两岸，山涧溪流，小舟横于溪上之类的。但有一秀才，比别人多画了一只鸟，停落船头，此属画龙点睛。是啊，没有人，鸟才敢落在船头啊。爸爸讲的这幅画给我印象很深，在这之后，每当念起这句诗，脑子里自然就浮现出这幅画；有时候见到溪流泛舟，又会想起这句诗来。

在我背白居易的《长恨歌》时，对其中一句"温泉水滑洗凝脂"中的"凝脂"不解，老爸比画着说："那就是讲皮肤嫩嫩的，莫泊桑写的《羊脂球》知道吧？还有就像你妈妈做的'炸羊尾'，用豆沙裹着鸡蛋清在锅里刚炸出来时，焦焦的、嫩嫩的，又白，形容杨贵妃的皮肤就是这样。"

看着爸爸馋馋的，好像要吃什么的样子，我先装着说懂了。

一次去看电影，我和爸爸先到了，在门口等妈妈。一会儿，妈妈远远地走过来。妈妈本就是个美人，身材又一直保持得基本苗条，再经过稍稍打扮了一番，卷卷头发，穿一件入时的皮大衣，爸爸看着，不由地说："你妈还是很好看啊！"

"噢？"我挺新鲜的看着爸爸，他很少这么露骨啊。

爸爸转过身，以过来人的姿态说："小子，好好念书，书念好了，钱哪、漂亮女人啊，什么都有了。你看我。"

"噢！原来是这样。"

爸爸总是会这样不失时机地鼓励我学习，真有一套！当然还有一次比较正规的。有一天晚上，妈妈、姐姐和我，在家里懒懒地呆着，爸爸从外面回来，很焦急的样子："快快，来看飞碟。"

"啊？真的？"我们仨人站起来，都跟着他往外跑。那时候，满社会都在议论飞碟的事儿，出门时，我还顺手把红缨枪攥在手里，以备不时之需。等我们拐过锅炉房，走到篮球场旁边，爸爸用手一指，不远处，有一个小伙子正坐在路灯下看书。爸爸说："好好学学！我就是让你们看看，人家是怎么用功的。"

"嗨！讨厌。"我和姐姐大声地抗议着。

妈妈也被他逗乐了："真讨厌！"

那年北京市搞了个全市中小学生读后感竞赛，学校安排我投稿参加，我正好刚看完当时作为中国青少年必读的《钢铁是怎样炼成的》一书，就想以此为题。那段时间，爸爸在外地出差，我就给他写信告知此事，并问问怎么写才好。爸爸很快回了信，在信中把他以前读此书的感受，一、二、三地写给我。我一看，太好了！按他信里的大意，简单地进行了些加加减减，就投了稿。比赛结果，我得了三等奖，是当时年纪最小的获奖者。在颁奖仪式上，得了个塑料铅笔盒作为奖品，我高高兴兴地拿回家。爸爸开玩笑说，这里也有他的功劳，他也该去领奖，我说："你要是去了，就成了岁数最大的了。而且才得个三等奖，还文学家呢。"

老爸无语了。

后来爸爸还帮过我一次，那是阿富汗"抗苏"战争时，"第三世界"的人民都在关注着阿富汗人民的苦难，广播里每天都会有这方面的消息：什么哪个村庄又被炸了，什么游击队当天又缴获了敌人两颗手榴弹啦，等等。市教育局组织学生搞了一个"把爱心送给阿富汗儿童"的诗歌大赛，我又参加了。左思右想的，写了个《快来救救索尔旦》，索尔旦是个阿富汗小孩儿，是爸爸给起的名字，我怀疑地问："这名字行吗?"

爸爸说："阿富汗十分之一的小孩儿都叫这名字。"

他还帮着改了几句诗，我满怀希望地把稿投上去了，可一直就没有音信了，没得奖。

爸爸在帮我改诗的当口，顺应潮流，也写了个关于阿富汗游击队抗击侵略者的独幕歌剧《贾拉拉巴德之夜》。现在看看这名字都觉得怪怪的，里边的唱词也有点儿怪，我记得其中一段：

> 静悄悄耐心等待，
> 看鱼儿钩住了鳃；
> 一般欣喜一般笑，
> 谁是痴来谁是呆?

我们一家4口在定慧寺院，一住就是3年。说起来一家4口，但真正全家人住在一起的时间并不多。最早时，我们是两地分居，后来我上幼儿园，爸爸也是一周才回家一次，出差时更不见人了。再以后我和爸爸住，妈妈和姐姐住，算是兵分两路，也是周末才团聚。到定慧寺以后呢，姐姐又上了中学，住校了。

在定慧寺，我们住的一直都是平房。住平房有两个不方便，一是屋内没有洗手间，上厕所要到院子西头的公厕。二是室内没暖气，要自家点炉子，烧蜂窝煤取暖。烧炉子倒是也有好处，一是使用时间可根据冷暖，自己安排，再一个就是我们小孩儿可以随时在炉子上烤白薯、土豆之类的，吃着玩儿。

有时晚饭后，爸爸会带着我在院里溜达会儿。路过食堂，我看见一大堆土豆堆在外面，就跑过去捡起个个大的，说："我拿回家烤土豆吃。"看爸爸也不表示反对，于是把它放进兜里准备再拿几个，爸爸一见赶快说："哎，别拿了，拿一个就行了，再拿就是偷了。"爸爸对我总是这样，不是非常严格，但也足以让我明白，什么事不能做，更不能过分。

在冬天睡觉前，爸爸都会提前在被子里给我放个暖水袋。等我躺进被窝后，他再用军大衣，衣领朝下，盖在我的腿上，再把两个大衣袖子，左右一搂，塞在被子下，就像抱住我的腿脚一样，一下子就非常暖和了。爸爸常说："脚暖了，全身就都暖了。"那时我就想，这爸爸还真不错。

爸爸妈妈一直都喜欢养花，说这是热爱生活，有时为了让花有足够的营养，他们会把刚打破的鸡蛋壳倒竖在花盆里，可能是等着残余的鸡蛋清留进土里。后来爸爸觉得仅这样仍嫌营养不足，也不知他从哪儿学的，到附近公社养马的农民家里弄回些废弃的"马掌"，泡在水里，再用那水浇花，别提有多臭了。我们被熏得实在是受不了，他只好把花都搬到屋外去了。

那些年，团里有个管烧开水的老大爷，姓范，大家都叫他"老范儿"。他每个月都会来我家，让妈妈帮他念信及写回信。开始，我还以为他是妈妈家的亲戚，后来才知道不是，妈妈对别人都可热心了。有的同学特羡慕我，说："你妈可真好，一看就是标准的贤妻良母。"我听了直觉得有苦说不出。我妈对谁都好，就是对她老公和儿子比较凶。

一次跟妈妈看电影《早春二月》，其中有个片段，是孙道临演的教师，帮助邻村寡妇的女儿上学，回来路上他特兴奋，蹦蹦跳跳地。我问妈妈："他干嘛那么高兴啊？"

妈妈说："人在做了好事之后就会高兴。"

这句话对我印象很深，也影响很大。直到现在，我都会在可能的情况下，尽量地帮助别人。的确会使自己开心，很有成就感。

虽然知道要干好事，但小时候也忍不住要干很多坏事。那时候我们最爱玩儿的一个游戏，就是"扔自行车铃盖"。

一般都是在晚上，我和几个"坏"孩子，悄悄地把别人家的自行车铃盖拧下来，走到院外大马路上，那个时候到了晚上八九点钟，路上几乎就没人了，车就更没有了。空旷的马路上，只有点点路灯闪烁着微光。我们就把铃盖凸的一面朝下，顺着马路伸展的方向，使劲儿贴着地扔出去。铃盖"飕"的窜出去，顺着马路一路"叮叮叮……"地响下去。听着响声，我们警戒地看着周围，看有没有大人发现，随时准备着逃跑，等几个铃盖都扔完了，我们再一路小跑着回院里，找个阴暗处哈哈笑个不停。可能因为老丢铃盖的缘故，有一阵子，我们院里的人，在锁好车后，都自己把铃盖拧下来，带回家了。

我们家是院里最早买冰箱、彩电的。那时候在夏天，人们把黄瓜、西红柿都当水果吃。有了冰箱后，冰镇过的西红柿就更好吃了。那时候，院里很多单身汉，经常把西瓜、西红柿放到我们家冰箱里，冰冰，再拿走吃。

看电视就更热闹了。有段日子，一吃完晚饭，我们家就聚集一二十人，都是自己带着小板凳，来看彩色电视的。一直看到没节目了，大伙儿才散去，好在那会儿电视节目挺早就结束了。

虽说"四人帮"垮台几年了，但社会上仍有各种各样"形式主义"的小活动。就说当时搞的"爱国卫生运动"，春天时，学校要求每个学生，要挖蛹，还规定要交150只。这对于我这个城里长大的孩子，实在是太难了。后来幸亏在上学路过的一个猪圈旁，发现了一只全身爬满蛆的小死猪，我如获至宝，立刻建议放把火，烧死蛆，结果连猪肉都快熟了，好在也算完成了任务。

到了夏天，又要交苍蝇，连爸爸单位也要求他们每人交100只苍蝇，党员还要带头。爸爸回家和我商量，让我帮他打苍蝇。我没同意，惹得他挺不高兴，说："别人的儿子都帮爸爸打苍蝇，我这个儿子算是白生了。"其实,我也挺想帮他忙的，可因为我实在是讨厌劳动。小时候总以劳动为耻，所以才没同意。

以前的家长们，都想从小就培养孩子们的劳动意识，但往往不得其法。我爸爸、妈妈还算不太强迫我们要参加劳动，尤其妈妈，总是自己不停地做这、做那的，所以养的我和姐姐都很懒，几乎什么家务活儿也不会。其实在孩子自己心里，一般都是有数的。就拿我来说，当时家里有个小工作——搬煤：就是冬天家里烧炉子时，把放在门外小车棚里的蜂窝煤，每天搬几块进屋。有时爸爸叫我搬，我就不乐意干，不是装着看书，就是跑掉；可要是家里大人不在，小院里又没人看见时，我却会主动地搬它十几、二十块的，弄得妈妈回家看见，吃惊不小，这就是孩子心里头怪的地方。

爸爸在钱的问题上，一贯是漠不关心的。和妈妈结婚后，他连工资也都是妈妈代领了，除了按月给奶奶寄钱外，爸爸从不管也不问钱的事。家里要买什么，每月要花多少钱，他从不操心；家里有多少存款他也一概不知；爸爸身上往往是一个"大子儿"没有，但他倒也乐得逍遥自在。爸爸看得太透彻了，有他自己的理论，这不仅是他不爱管俗物，也是认为：女人在外面，本就没什么大事可做，让她多管家，她就会有些成就感；把家里的一切钱、物统统交给她，这样她才会觉得充实、安心，女人才有安全感。

我不知道爸爸出差时，妈妈会给他多少钱，估计也多不了，但每次，爸爸都会用这不多的零花钱，给我和姐姐买些衣服、玩意儿。我印象最深的，是在我刚喜欢上踢球时，他从上海给我买回的两件印着足球的背心，我可开心了。爸爸出差从没有给妈妈买过衣服，不是不想买，是被妈妈禁止了，说信不过爸爸的审美眼光。爸爸也乐得轻松，而且身边还有个前车之鉴：他有个同事，一次去外地出差，看上了两条围巾，于是买下给老婆寄回，不想他老婆看着那蹩脚的花型、式样，大为不满，回信骂道："你买的东西，只能说明，你是个地地道道的土乡巴佬！没进过城！"这句话一时在爸爸同事中传为"美谈"。有了此等教训，爸爸就更不敢给妈妈买东西了。

爸爸有时在钱上的糊涂，真让人吃惊。虽然他大多数时间兜里没钱，但如有钱时，还是很容易骗到手。以前我们俩人住在京剧团时，他就总被我糊弄得两手空空。但我平生挣的第一笔钱，也被他很容易地拿走了。

那天我在院里闲逛，一个同学跑来说，他有几块铁要卖，一个人拿不动，问我能不能帮他拎过去。我正好没事儿，又觉得挺新鲜，就答应去了。我们两个小孩儿，每个人手里拎着几根破铜烂铁，走到废品收购站，称完重量，"六斤二两！八毛钱！"那柜上的师傅喊道，随即给了我同学八毛钱。同学挺仗义，顺手塞给了我四毛钱，两张二角的新票。这是我第一次靠劳动挣到钱。我兴奋地跑回家，把钱拿到爸爸面前，说："刚才我挣了四毛钱呢！"

爸爸也不问问是怎么回事，竟顺手把钱接过去，揣进了自己的口袋，边说着："嗯！挺好，家里正缺钱呢。"就走了。

"嗨！"等我反应过来，他已经走远了，这叫什么事啊！

那时候，北京的夏天很热，热得让人中午全没了胃口，吃不下东西。妈妈每天是一早去上班，傍晚才回来。中午饭就我和爸爸，一般是在食堂吃，可那阵子太热了，一进食堂，看着那些大锅菜，还没吃呢，就出一身的汗。我闹着不肯去吃，爸爸没辙了，开始当起厨师来。他先去食堂买"个把"菜回来，然后从冰箱里拿出些西红柿、黄瓜等凑成一盘，再来杯家里自制的冰水，有时还会买上个雪糕，再加上个妈妈事先煮好的茶叶蛋。就这样，也糊弄着我吃了一个月的暑天饭。

那时爸爸很赞成我看课外书，五花八门的，什么都有，他会从单位的图书馆给我借回来。记得有一本少年读物，是小说，叫《水晶洞》。是爸爸的一个朋友写的，先出了上集，当时在电台里，还有过这小说的连播，我挺喜欢看的。可看完了上集，爸爸怎么也找不来下集了，我又想得要命，最后让爸爸给他朋友写信，想要一本下集，那位作家叔叔回信说，下集还没写完呢。等过了几年，我又想起这事，又让爸爸问，回信说，还没写完呢。直到现在我还是没能看到下集。爸爸说，可能还没写完呢！这都二十多年了，写书可真难啊！

转眼到了1980年，爸爸他们又开始复排《刘四姐》，是要下部队演出，战士们最喜欢看这种热闹打斗的戏，我偶尔也会泡在排练厅里，看看排练。有次正好遇到爸爸也来了，他给一个演员说戏，说着说着，竟突然做了一个难度不小的"前趴虎"，原来他是在给那位演员示范，如何被女游击队长踢个"狗吃屎"。没想到爸爸身手还真不赖，没准是他小时候喜欢演京戏时打的基础，也可能是他在京剧团工作时，又偷学了招数了。

我在这时也迎来了人生第一次重要的考试，要考中学了。妈妈开始着急了，尤其看见我还跟没事儿人似的，整天乱跑，就更急了。在临考的前一晚，妈妈坚决不允许我出去玩儿，一定要在家里看书。我耐着性子看了会儿书，就坐不住了。于是假借要上厕所，跑出来。初夏的夜色显得亮亮的，那时候北京还没有什么污染，夜空里透着深蓝色，头顶上，有几只蝙蝠飞来飞去，我一见就高兴了，但我知道妈妈肯定也跟出来，站在门口盯着我呢。我装着自然地往西走，厕所就在西边院墙的拐角上，当我一拐过去，离开了妈妈的视线，立刻脱下一只鞋，向半空扔去：这是常用的抓蝙蝠的方法，蝙蝠一般都是追着黑东西飞。碰好了，它就会飞到鞋里，被抓住。

一次、两次，都没成功，我使劲儿再一扔，鞋越过头顶，飞上房了。"糟糕！"不能光着脚回家啊！我只好摸着黑，从一间自盖的小厨房爬上，再翻上屋顶。一不小心，踩碎了几块瓦，在屋下乘凉的杨叔叔，一看我大晚上的爬上房，冲着我大喊："小雨子，你怎么又上房去了？还在晚上！"

"我上来找鞋，您小点儿声！"我尽量压低声音回答。

"鞋怎么能上房呢？"

"它走着走着，就走上来了。"

这杨叔叔真不够意思，立即冲着我家的方向嚷道："李文辉，你快来看看，你儿子能把鞋走到房顶上去了！"

这下不光我妈过来了，连其他屋里的叔叔阿姨听见，也都笑着出来看，我又挨了妈妈一顿"好"骂。

在妈妈的担心中，我考了全校第一，考取了北京重点中学师院附中。妈妈吃惊不小，可也高兴得不得了，爸爸却觉得很正常，而且也没什么大不了的。

我刚进中学时，觉得最大的不同就是中午不用回家吃饭了，可以有更多的时间在外面玩儿，但这中午饭也给我带来了烦恼。那时候中午，除了个别离家很近的，大多数同学都是在学校食堂吃大锅饭。当然条件有限，以素菜为主，没什么肉，而且食堂里没椅子，都是围着桌子站着吃，不过学生们也都能顺其自然。

可我妈又着急了，她觉得学校的伙食太差了，没营养。于是乎，我这位慈母每天中午给我带来一小饭盒，或鸡肉或猪肉，或排骨或炸鱼，外加一个卤鸡蛋，说是

别看爸爸拿着照相机，那仅仅是拿着，他绝不懂如何使用。

补充营养。这下可把我愁坏了，别人都没有，就我有，太特别了。同学们看我的眼光都有些怪怪的，那段时间真让我尴尬。我跟妈妈提了好几次反对意见，也没有用，只好跟爸爸再三陈述道理，爸爸本身就觉得大锅饭没什么不好，就和妈妈商量了几次，妈妈才终于不再送菜了。

我上中学没多久，我们家又搬家了。地球真是圆的，不由得我们不转圈，这回我们竟然是搬到我小时候上幼儿园的那个院子。幼儿园改名后搬走了，我又回来了。

说起我们家的家务活儿，那可是里里外外妈妈一个人顶着。爸爸向来怕麻烦，小事嘛，肯定是向来不管，像搬家这等大事，爸爸也是不管不问的。妈虽然平时脾气大了点儿，但遇到干活儿这类事，还是很体谅爸爸，都是妈妈自己安排，找好人和车帮着搬家。搬完后也是妈妈自己一个人慢慢收拾整理，再累，也不用爸爸多操心，不去烦他。而且忙乱的这些天，她还会让爸爸找个清静的地方先住着，等收拾利落了，才叫他回来。妈妈的理由是，爸爸不仅耐不得一点儿乱，而且就算在旁边也是什么忙都帮不上。不仅如此，他要是在旁边，还有可能说三道四的，埋怨这里，唠叨那里的，搅和得你活儿也干不好，更难受，还不如不让他回来呢，落得清静。

平时的家务，爸爸几乎从不插手，只是偶尔会洗个碗，长这么大我从来没有见过爸爸扫地、拖地、擦玻璃，做饭就更甭提了。不过他倒还真做过一回，忘了是哪年了，可能还没我呢，也不知是为什么，他突然间来了积极性，在妈妈下班回来之前，自己和面、擀皮，弄好馅，包了几十个饺子。妈妈回来甚是惊奇，爸爸更是一副劳苦功高的样子。吃完了，妈妈当时说："不容易，不容易。"等过了一星期后，妈妈实在忍不住了，和爸爸说："阎肃啊，你以后还是不用那么积极了，说真的，你包的饺子实在太难吃了，我一直不好意思跟你说。"哈哈，爸爸大为泄气，所以说，就算再聪明的人，也有智商限高的地方。

有时就我们爷俩吃饭时，他会把剩菜或几小碟咸菜、熟食拿出来充数。每一小碟他都称之为一道大菜。我们俩一样，一直都是非常怕点煤气及后来的天然气，宁可吃凉的，也不敢开火去热。

爸爸这辈子可能就去过一次菜市场。那是有一天，妈妈做着饭，突然发现葱没了，就让爸爸去买两根葱回来。爸爸倒是乐呵呵的，上菜市场转了一圈儿，真就只买了两根葱回来，不多不少，弄得妈妈哭笑不得，也不知人家卖葱的怎么笑话他呢。

但是爸爸一直很爱整齐，这是他在部队上多年养成的好习惯，尤其是他自己的东西，都摆得井井有条。爸爸还非常爱惜东西。他兜里有一串挺沉的钥匙，上面除了钥匙，还有一把折叠的小剪刀和小指甲剪。从我记事起，爸爸就用它们了，我也借用过好多次。直到现在，爸爸还依然用着，几十年了，竟然也不生锈，而且还是那么好用。真神了！

爸爸习惯把自己的东西都放在固定的位置上。要是谁用了他的东西，他准能发现，为这，妈妈老笑话他，说他太"农民"了，光顾着自己那"一亩三分地"。

我们家最多的东西当数稿纸和笔，从没有用完的时候，而且种类很多，这让我的同学们都很羡慕。后来烟酒也多了起来，大多数是朋友送给爸爸的，爸爸能抽能喝的，大概也是名声在外。有一段时间，社会上开始大谈尼古丁的危害，妈妈就不失时机地开始控制起爸爸的抽烟来，每天只允许他抽七根烟，这下爸爸可惨了。"山人自有妙计"的爸爸就把一根烟分三四次抽，烟瘾来了，就点上抽几口，随即就掐灭；瘾再来时，再点，再抽。这倒是省了烟了，可就费了火了。

爸爸能喝酒但从来不醉，这点真好，不像有些人在外喝多了，回家又吐又闹的，如果我爸要那样，他肯定进不了屋了。我就认识那么一位，他每次一喝多了，回家肯定把沙发当厕所，对着沙发小便，弄得他们家现在只敢用木制的大椅子，冬天也不加座套，我看他老婆也快要把他换成木头的了。

爸爸给我讲过，朝鲜战争结束的时候，朝鲜人民军、志愿军在一起狂欢，庆祝胜利。所有的人都尽情地唱啊，跳啊，大家暂时忘却了战争带来的痛苦与仇怨，全身心地庆贺和平的到来。两个友军交融在一起，载歌载舞，饮酒欢庆。欢宴中，有些朝鲜军官太兴奋了，也许是朝鲜族人本身就比较豪放，总拉着志愿军文工团的女同志灌酒。志愿军这边的领导一看，觉得不行啊，到时候别闹得不好收场啊，于是下令，把能喝酒的小伙子调几个来挡挡酒。爸爸随即上了酒桌，展露了一下喝酒方面的天赋。什么朝鲜当地的高粱酒、人参酒，再加上从祖国送去的汾酒、曲酒、茅台，全混了，喝乱了。

在我印象里，爸爸从没喝醉过。到现在仍能喝个八两一斤的，只是由于年纪大了，怕酒会伤肝，白酒也就喝得少了。现在平时在家高兴了，就大多喝点红酒，他把红酒叫"糖水"。爸爸要喝两口时，总会邀请我一下，从我小时候，他就不反对我喝酒，就差没拿筷子蘸酒往我嘴里送了。只是我太不争气，喝酒的基因没有遗传到位。

据爸爸说，在朝鲜狂欢时，大概得喝了两三斤，那也没醉。

估计是爸爸出于对酒的热爱，混着历史写过一首《酒韵悠悠》：

细想想酒文化渊源长久，
冠古今论掌故酒韵悠悠；
长伴河山抒锦绣，
豪放柔婉各千秋。
秦皇汉武大宴群臣醉舞长袖，
魏晋三国竹林七贤名士多风流；
关云长温酒斩华雄，
张翼德摔杯鞭督邮，
曹孟德青梅煮酒，吓得刘备浑身抖，
小周郎怒打黄盖，孔明含笑饮不休；
宋太祖杯酒释兵权江山握在手，

吕洞宾巧戏白牡丹三醉岳阳楼。

虞美人霸王帐中舞,

杨贵妃醉酒更娇柔;

小貂蝉筵前迷吕布,

白娘子贪杯在杭州。

诗仙李白斗酒百篇一挥而就,

陶渊明他赏菊东篱悠然无所求;

李清照醉吟黄花瘦,

辛弃疾笑傲万户侯;

苏东坡青天把酒,问道明月几时有?

写醉翁意不在酒,一笔描出欧阳修。

渭城曲三叠出阳关春风折杨柳,

陆放翁铁马冰河梦一醉解千愁。

武二郎三碗不过岗,

宋公明醉写浔阳楼;

孙悟空盗酒蟠桃宴,

黑李逵发威闹江州。

离合聚散一杯酒,

南北东西万里鸥;

喜逢知己千杯少,

盎然一笑泯恩仇。

……

　　在我上初一下半学期时,难得遇到妈妈也出差了几天。这天下午,我踢完球回家,觉得头疼就躺下了,到了晚上还不见好。爸爸拿来体温计,一量,39.6摄氏度,发烧了。爸爸赶快给我找了些退烧药吃,早早睡了。我第二天贪睡,也没上学,到了中午,感觉好了,下午又跑去踢球,爸爸也没制止。等到晚上回来,又发烧39.6摄氏度,爸爸埋怨我,肯定是出汗时又吹着风了。只得又吃药,休息一晚上,到白天又好了。我就再跑出去踢球，到晚上回家时，头痛欲裂，直烧到39.8摄氏度。这晚，妈妈也出差回来了，一听整个情况，大声斥责爸爸："他发高烧，你怎么还能让他去踢球呢！"

爸爸无辜地说："他说他全好了，我才让去的。"

"他说他全好了？你是干什么吃的啊？"妈妈看着我总不退烧，越觉得严重，就直接叫车把我送进空军总院。到医院，打针后也不见退烧，妈妈怕我被烧傻了，赶紧用冰袋敷在我头上。后来，我的烧慢慢退了，可妈妈不放心就让我住院检查，这一住就是一个月，检查来检查去也没发现什么问题，倒是意外地发现我的血小板很少。

我住院时，妈妈天天来看我，并带来好吃的。她本身又懂医，会和医生探讨我的病因检查得如何。每天看到妈妈来，我就觉得特踏实，别人都说："真是母子情深啊！"但也有不好，就是我在医院有时淘气捣乱的事，医生也跟妈妈告了状。我把医生柜子里的病历都悄悄拿出来给病人看，放回去时又都放乱了，让医生、护士都手忙脚乱了一阵。妈妈知道后，看我穿着病号服，心一软，也没骂我。

爸爸就来看过我一次。那天正巧是晚饭时间，我在楼道里领饭菜，一个对我很好的护士，从她们的小食堂帮我端来二盘菜，又要忙着装稀饭，正发愁不好拿呢，爸爸正好走过来，说："我帮你拿吧。"

护士一愣，说了声"谢谢"，就把盘子递给了爸爸。爸爸跟着我和护士往病房走，走到门口时，护士跟我说："后面这人怎么这么好啊？帮咱们拿东西。"

我说："他是我爸爸。"

护士笑了："我说呢。"又回头不好意思地看了看我爸。爸爸也不知道我们嘀咕些什么，傻乎乎地跟着进了病房，坐那儿看我吃饭，边问我："怎么样了，坏小子，还不出院啊。"

"我妈还没同意出院呢。"

"你们这儿伙食还真不错。"

"这是护士姐姐今天从小食堂多给拿的。"

"噢！对你不错啊，你妈不是每天都给你带好吃的吗？"

"哎哟，快别提了，她现在每天逼着我吃20个红枣和生花生，说是补血的。难吃死了。"

"这你就外行了吧，"爸爸煞有介事地把椅子往前挪了挪，接着说，"你先把枣掰开，把核拿掉，把花生塞进去，和枣一起吃，那就变成核桃味了，可香了！"

"真的？我试试。"我当即试了一个，还真是核桃味。

爸爸得意起来，说："这你都不懂啊，我给你讲个故事吧。"爸爸绘声绘色讲了起来，"从前有个老头儿，一辈子爱吃，临死前躺在床上，儿女们都来了，该交待的也都交待完了，家人问他还有什么重要的事要吩咐。老头儿对大儿子小声说，告诉你个秘密，千万别告诉外人：豆腐干和花生米一起吃，是牛肉味。"

"哈哈哈，这怎么可能呢？"我被逗得大笑起来，饭粒喷了一身，连隔壁床的病人也都笑个不停。

> 14. 《敢问路在何方》，是妈妈找爸爸走的"后门"。这是爸爸写的第一首通俗歌曲，也可以说是他人生态度的写照。

上个世纪80年代初期，随着电视剧《西游记》的热播，爸爸创作的该剧主题歌《敢问路在何方》也随之飘进千家万户。

　　你挑着担，我牵着马，
　　迎来日出，送走晚霞；
　　踏平坎坷成大道，
　　斗罢艰险又出发。
　　啊，一番番春秋冬夏，
　　一场场辛酸苦辣；
　　敢问路在何方，路在脚下。

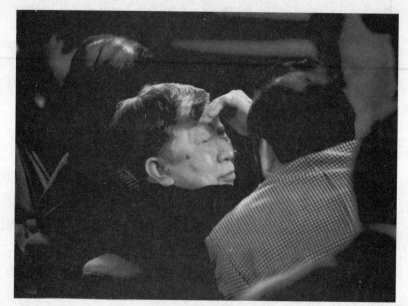

老爸在看谁呢？

　　这首家喻户晓的歌，还应该算是妈妈找爸爸走的"后门"。当时《西游记》的导演对原来的主题歌不满意，就由该剧的音乐编辑托我妈请爸爸"速成"一首。爸爸当时正忙着呢，可妈妈的事儿再忙也得管啊，于是就答应了。看过样片后，"你挑着担，我牵着马，迎来日出送走晚霞，风云雷电任叱咤，一路豪歌向天涯……"优美的歌词瞬间时涌出。大家都觉得不错，可爸爸却不满意。爸爸后来告诉我，当时为想出那句"点睛"之词，逼得他满屋子转，居然将地毯踩出条白印来。后来，猛然记起鲁迅"地上本来没有路，走的人多了，也便成了路"的名句，一下子就想出了"敢问路在何方，路在脚下"这句词。这话虽然说得有些夸张，但也的确反映了爸爸在创作中精益求精的态度。这首歌应该是爸爸创作的第一首广为流传的通俗歌曲，也可以说是爸爸一贯以来的人生态度的写照。

　　老爸一生勤奋努力，不敢稍有松懈。同时也认定一个道理：一个人想要成功，是想做得比别人好，就得下功夫，靠自己努力，没别的窍门。他不止一次地对我说："你要是把咱家柜子里的书全看了，你肯定学问大长。"

现在社会上可能是受快餐文化的影响，很多人急功近利，想走捷径。很多年轻人崇拜明星，崇拜名人，却只看到成功人士如何风光，如何"派头"，但他们并没有细想过，每个成功者背后付出的艰辛努力。诚然，目前社会上，由于快餐文化的翻版和延伸，确有一些仅靠脸蛋或某种裙带关系，而一夜走红的。这在某种程度上，也助长了走捷径的风气。毛主席有句诗词"风物长宜放眼量"，看事物的发展应该多看两步。爸爸就说："凭脸蛋就算一夜出名了，如果自己不努力，一样很快就成一现昙花。"

"敢问路在何方，路在脚下。"这句话好像就在每个人的嘴边，再简单不过了。可这就是真理。

随着社会经济的复苏，中国家庭的经济条件也开始略有好转，市场上的供应也开始丰富起来。这时候的春节，是最让人开心难忘的。

到了快过年时，爸爸妈妈单位里都会发很多东西，有鸡，有鱼，还有成箱的水果。爸爸团里发得更多，还会发整袋的大米、白面。一般是在下午，爸爸会叫我到食堂帮着扛米回家，发的米都是50斤一袋的东北大米。往往等我到了食堂，刚要搬，爸爸在一旁说："你先帮赵奶奶把米扛回去吧。"

等我辛辛苦苦地回来，爸爸又指着一位阿姨努努嘴，我只好又得当回雷锋。有时候帮来帮去，忙活儿一下午。爸爸说，给我点儿机会做好事，是可以遮盖一些我平时干的坏事。

到了除夕夜，我们家会来很多人一起吃晚饭，都是大院里爸爸妈妈的同事和朋友。家里的桌椅肯定不够用，连盘子、碗、筷子都要从邻居家或食堂借来。家里的几个房间都摆满了桌子、椅子，大大小小的，挤得满满当当。来的客人中，有的会带上一两个拿手菜，图个热闹。大家热热闹闹的，相互间的感情是那么真挚，特别有过节的气氛。妈妈这时候最辛苦，要一直在厨房里忙活不停，这里不得不说说妈妈做菜的手艺。

妈妈是在结婚后才学会做菜的，据说是在厨房里，边对照着菜谱，边学会的炒菜。而且一上手，味道就奇佳。后又根据自己的心得，提炼出若干道拿手菜。像我妈做的黄花鱼，让一位从来不吃鱼的人愣是改掉了习惯；做的红烧肉，选料精细，火候到位，酥而不腻；她做的炸羊尾、黄鱼羹等更是难得一见的"绝活儿"。连最普通的鸡蛋羹、炒鸡蛋也做得高人一等，真是很香。

在我印象里，妈妈在年三十那晚，能做出三四十个菜来，而且都非常好吃。酒足饭饱后，大家有聊天的，有看电视的，小孩儿们会跑出去放鞭炮，大人们会摆开战场打麻将。一直玩到12点，伴随着除夕的钟声，妈妈和几个帮忙的阿姨，会把一盘盘热腾腾的饺子端上来，就是不饿，吃起来也会觉得好香啊。

吃完饺子，大家陆陆续续回家了，也有年轻点儿的，继续在我们家玩通宵。这时我们一家4口也会凑上一桌麻将，代表输赢的，是爸爸

你瞧，我爸看我的眼神！能不怀疑他没"偷"牌吗？

攒了多年的一套筹码：爸爸发给每人一个"大元宝"，是铝制的，代表100元；又每人20个铜币，每个代表1元；还有更小的铁片做最小的单位。规则全是爸爸顺嘴定的。那时我和姐姐都把筹码视若珍宝，打得非常认真。妈妈和姐姐在牌桌上永远是比较笨的，爸爸有时会故意地放妈妈和姐姐"和"，以保持筹码的平衡。有一次，爸爸在沉寂多盘快要输光之时，突然"和"了一把大牌：

二万、三万、四万；五万、六万、七万；八万

二万、三万、四万；五万、六万、七万；八万

清一色"万子"，断"么九"，爸爸说这叫"双飘带"，二幅同形。我们都看呆了，还真没见过。爸爸不由分说，把我们面前所有的筹码，全"胡掳"到他那儿去了。

重新开战后，爸爸在一幅牌上又相继开了东、南、西、北四个"杠"，最后"单吊"红中"和"了，我的天哪！我们又都惊呆了。爸爸说这副牌的名称叫"大四喜"，又把我们的筹码全没收了。

等第二天起床，我在厨房边吃东西边和妈感叹起昨晚老爸的那两副叹为观止的牌来。妈笑着说："也不知道他哪儿弄来的那些牌？反正他可'鬼'了。"

"啊！他捣鬼了？"我立刻觉得这解释倒更容易让人相信。

后来一直追问了爸爸好多年，他坚决不承认是捣鬼了。

那几年的春节真好玩。再以后，春节慢慢变得没那么有意思了，也没那么热闹了。手机短信再一出现，大家互相走动得就更少了。再有就是后来，爸爸也开始总在春节时加班了。

自从搬到永定路后，爸爸就开始在家里上班了，除非开会和出差，他都是在家里写东西，真应了"作家"两字。这下倒方便了他睡懒觉，爸爸一直都有睡懒觉的习惯。记得我们小时候，他早晨就是醒了，也会赖在床上不起，一定得和我们说说闹闹一阵子才行。最可气的是常趁我们不注意，突然放一个很响的屁，我和姐姐常会一边叫着一边跑得远远的，他却还念念有词："响屁不臭，臭屁不响，夹屎屁又臭又

响。"笑得我们人仰马翻的，惹得妈妈准骂他。

可能是总在家的缘故，有一阵子，爸爸突然好像"良心"发现了，或是想好好表现表现，在每天妈妈下班时，他都到地铁站去接妈妈。他说："地铁站离家不太近，要走十多分钟，你妈妈每天要拎着好些菜回来，去接她呢，一则能帮她拿拿东西，省得她累；二则能一路陪她说说话，省得她闷。"记得他还真坚持了好久。

那天爸爸一看快到时间了，明知故问地问了我一句："你妈快下班了，是你接还是我接啊？"

"当然是阎老亲自接了！那是你老婆，要增进感情嘛。"

"好，你就懒吧。"

我看一下表说："您也太早了吧。去那么早，傻等着？"

"这你就不懂了，我坐在马路边上，看看来来往往的人，也挺有意思。人们下班匆匆忙忙的，从衣着、眼神，从走路的姿势、快慢，就能猜得出他的职业。各式各样的人都有，这对我们搞创作是很有用的。"

"噢，真的？听着也挺好玩的，那我今儿也跟你一块儿去吧。"

我跟爸爸一路慢慢走着，爸爸问："你最近也不背诗了？"

"最近没工夫。"

"你就有工夫玩儿了。"

"也有时看的，刚才在读者文摘上，还看了首不错的诗呢。我给你念念，"说着我背了起来，"风，谁见过风？不是我也不是你，枝头树叶飘动时，便是一阵风吹起；风，谁见过风？不是你也不是我，树木萧萧皆低头，便是一阵风吹过。"

"哦，真不错，我一直不太喜欢新体诗，也影响了你，光背古诗了，其实有很多新体诗也挺好，像这首就不错。它写的，你能立刻引起共鸣，好诗、好文章中的句子，就是大家伙儿心里都有，而还没写出来的那种。"

"这是英国人写的。"

"噢，那更厉害了，让你背莎士比亚的十四行诗，你也不背，那写得多好啊！"

我一听老爸说这些就头痛，赶紧把话题岔开。因看时间还早，我们就进了地铁站旁的商场转转，走过首饰柜台，恰遇一对儿年轻人也在看。姑娘东看看、西看看，不时地问男友哪个好，爸爸在我耳边小声说："你看见没有，女孩儿想买，但这小伙子恐怕是口袋里的钱不够，女孩问他好不好，他都不敢回答了。"

　　我小声问："为什么不敢回答啊？"

　　"如果说好，怕姑娘真要，他又没钱买，那这媳妇不就'泡汤'啦。要老是说不好，又怕人家姑娘生气，难哪！"

　　我悄眼一看，男青年这时越发紧张了，那女孩儿却没意识到，还兴致勃勃地打量着一条项链。一会儿，男青年开始出汗了，我和爸爸忍不住要笑，这时他们俩也注意到我们老看他们，都愣了一下。爸爸微微一笑，说："姑娘，买首饰不能着急呀，你等他好好工作，多攒些钱，今后给你买个最好的，那多好啊！"

　　小伙子听着爸爸的话，直感激得想鞠躬，那女青年也笑了。两人手挽着手，高兴地走了。

　　等妈妈一出站口，看见我们俩都在，觉得纳闷，问："怎么你们爷俩儿都来了？"

　　"你儿子说了，我不在家时，他就来接你。"爸爸这是又拍了马屁，又给我下了陷阱，我赶快说："我可没说啊。"

　　"你看你，接你妈又不是外人。"

　　妈妈说："得了，他少惹我生气，比什么都强。"妈从来都是保持着头脑清醒。

　　后来，我还真的接过妈妈几次，让别的阿姨直羡慕。

15. 爸爸属于家长作风不浓，比较民主的家长，而且会自我解嘲下台阶。

几乎每个孩子在长大过程中，都会在某个阶段，在思想认识上和父母产生分歧。如不妥善解决，就很容易形成隔阂，这就是所谓的"代沟"，是两辈人不同的人生观、价值观所引起的。像我这样比较反叛的孩子，更会如此。

我从上中学尤其是高中后，开始看不惯家长的很多做法，并对一切都不屑一顾。把天底下的事情看得那么容易，好像任何事都可以易如反掌，因而开始整天大话连篇，甚至说得连自己都信以为真。可爸爸向来认为：只有拿到手里的，才是真实的；而且他总是在没干成之前先想失败，先想退路，这和我日益膨胀的"能力"格格不入。并且随着年龄的长大，男孩子都会和爸爸有了正常的男人之间的距离感，不再像小时候那么依赖了，反倒觉得老爸的那一套全是过时的了。

有个姐姐的男同学来家玩儿，竟说，他和他爸永远都是保持一致，他说的，他爸就赞成；他爸支持的，他就大声鼓掌。这番话遭到我和姐姐的一致嘲笑，这也是我和姐姐难得有看法一致的时候。

我对那男生说："你太落伍了，老头子们的想法肯定都是过时的。你要是赞成他们的想法，说明你也跟不上时代了！"

那哥们儿被噎住了。

青年人总是要为年轻付出代价的。这代价是生活的组成部分，不可或缺的。父母说得再对，孩子们也会不以为然，依然按照自己的想法去做。其实家长们，也没有必要遇到孩子们不听话，就大惊失色。要知道，我们每个人都是从年轻时走过来的。如果一个人完全按照父母、老师设计好的路线，——照搬的话，那就不是人生了，那是电脑生产程序。

上高中后，我干什么都"另类"，就连照相都"另"到一边去。

人生本来就是成长与走弯路并存，欢乐与烦恼并存。当时有一句歌词这样写道："痛苦是痛苦，欢乐是欢乐，无知青春悄悄过。"

那时也不知道为什么，好像突然之间，我和爸爸妈妈的分歧、争执，变得无处不在。像吃饭时的剩菜问题，估计城市中的家庭几乎都有。我那时一看见饭桌上的剩菜就说："爸，这菜你怎么还留着呢？都几天了？"

"昨天的，又没坏。"

"为什么留着？还不赶快倒了。老吃剩的干吗呀。"

"倒了？这粮食、蔬菜能随便扔吗？"

"怎么不能扔了，这又不值什么钱，如果吃出病来，吃药的钱都比这贵。"

"唉，你不喜欢吃，就别吃，我吃，我喜欢吃。你们哪，根本就不知道什么叫'粒粒皆辛苦'。"

当然不知道了，年轻的时候是体会不到长辈们爱惜东西的那份感情的。一定要等长大了，到了一定年龄以后，自己也开始不舍得浪费了，才能明白。但到那时，兴许自己的孩子也要看着我们不顺眼了。这就是人生。

我可爱的永远长不大的姐姐

姐姐与爸爸的矛盾主要集中在穿衣服上。有一阵儿，街上的女孩儿都兴穿超短裙或很短的短裤。姐姐总是赶着潮流，不知从哪儿买了一条超短牛仔裤。估计是想展示她那两条美腿吧。在家里镜子前试好了，扭啊扭的就想上街，爸爸看不过眼了，说："你上街就穿这个啊？"

"穿这个怎么了？又不犯法。"这是姐姐的习惯用语。

"这不是犯法不犯法的事，你也不怕别人笑话！"

"爱笑不笑。"姐姐推开门走了。

爸爸气坏了，冲着门外喊道："你以为满大街都是游泳池啊！"

后来爸爸和我说起这事，说实话，女孩儿衣服穿得短点，我没觉得什么不好，但放在自己姐姐身上，多少就有些不舒服了，最好还是让别人的姐姐们去穿吧。这纯属于典型的、狭隘的小农意识。最终我还是同意帮忙把姐姐的那条牛仔短裤藏了起来。

爸爸有着读书看报的好习惯，每天认真地看大量的报纸，他常说自己的知识面那么广，那么杂，就是因为看报，而且是认真地看。这一点我真服气。他经常说的一些事，就明明是我刚看过的报纸上登的，可我就是没看得那么细，听老爸一说，又得重新找回那张报纸再看一遍。

爸爸看报如果遇到他认为对我们有用的，会特意留着给我们看。一次我刚要去上学，他拿过来一张《参考消息》递给我说："这儿有篇文章你应该好好看看，对你学英语会有帮助。"

我一听就没什么兴趣："那有什么好看的。"顺手把报纸扔在一旁。爸爸挺不满意地说："我好心好意地给你拿过来，肯定是觉得对你有用。你就算真不愿意看，也先假装拿着，哪怕出了门以后再扔了，也比你这样强啊。"

我一听乐了，只好说："好，好，我拿着，我看。"

爸爸有他自己的一套，他遇事从不硬着来，一定要你怎么样，他能拐弯抹角地让你接受些什么，就像他说的那样，他不强求统一。爸爸常说："咱们大家的思想没有必要统一，你也不必全都听我的，我也不必全都听你的，更不必谁统一谁。"

那几年电视里经常播出译制片，像《虎口脱险》、《英俊少年》等经典的喜剧，和爸爸一起看时，我们俩还会不断添油加醋地胡说八道，更笑得前仰后合，爸爸在快笑出眼泪时，突然认真地说："以后我一定要写一部这样的戏或电影。"

我当时听了可高兴了。

老爸有戏剧创作的功底，懂戏，懂矛盾，会制造起伏跌宕的情节和"包袱"，人又那么幽默，肯定能写一部非常好看的喜剧电影。可惜的是，等了二十多年了，老爸一直也没写。也许是因为没有电影公司找他，没这机会；也可能是一直被别的事耽搁着，没时间精力了。不管怎么说，这都是个遗憾，对观众，对爸爸都是遗憾。

我在家里反叛，在学校更是这样。上高中时，除了语文、数学外，其他几科老师对我都很头痛。有一次上化学课，我们几个同学没做老师布置的功课，于是被"请"到教室后排靠墙站着。我们几个"老游击队员"，很无所谓地笑嘻嘻地站到了后面。但意外的是，那天忘记做功课的，还有班里的一位女学生干部，她也站到了后面。看着她那痛苦的表情，我实在忍不住要笑。老师看我们站好后，气哼哼地推开门出去。

教室门敞开着，楼道里一些外班的同学看见有人罚站，不时向里张望，这时那女"干部"受不了被人看，赶快跑过去把门锁上。不一会儿，老师回来了，推不开门，在外急得大喊，惹得我们哈哈大笑。后来一同学把门打开，老师进来后怒视着我们，大声问："是谁锁的门？是谁锁的门？"

那女生吓得不敢回话，我们在一旁看着笑话，老师又喊："要是没人承认，今天谁也别想回家！"

我这时看那个从来没有"斗争"经验的女"干部"，脸都吓白了，实在太可怜了，又反感老师没完没了地问，就干脆说："我关的。"

谁想老师一听，立刻说："我一猜就是你！"

我哑然失笑！因为这，老师将近一个月禁止我上他的课。

一天课间，我们班主任拿着一本厚书走到我课桌前，放下书，是一本文学家辞典，他翻了一翻，指着书里的一段问："这人是你爸爸吗？"

我看了看，那页正是介绍父亲的，点点头说："是。"

"成了！"班主任啪地把书合上。他是老北京儿，一口地道的北京腔，说话又脆又快，"放学到我办公室，跟你商量点事儿。"

老师走了，周围的同学开始一嘴一舌地问："哟！你爸是文学家啊?！""哎！那你爸写过什么书啊？"

"我哪知道他的事啊。"是啊，我纳闷儿，爸爸从没写过书，怎么成了文学家了呢？

班主任和我商量的，是要请阎老来给全年级毕业班讲一次课，题目是：如何树立正确的人生观。我回家和爸一说，他忽然谦虚起来，说："你们同学爱听我说吗？"

"那谁知道啊！这是老师让你去的，又不是同学。"

"那讲什么啊？你们这帮年轻人爱听什么我也不了解啊。"

"哎！瞎讲呗。"

"行，那就去瞎讲讲。"爸爸嘴上这么说，其实是很认真地做了准备，还特意问了我不少同学的名字。

　　到了周六下午，我们全年级同学拥进一个大阶梯教室。不一会儿，老爸随着老师走了进来，我跟着大伙儿一起鼓掌起哄。爸爸当时在年轻一代中还没什么知名度，但他一开口，就把大伙儿都震住了。他先是顺嘴说出用一些同学名字编的顺口溜，合辙押韵的，弄得大家笑个不停。

　　接着，爸爸讲了他的人生观点：好兵不一定都是要去当元帅的，想当元帅的兵是好兵，不想当元帅的兵也是好兵。以前有人说，不想当元帅的兵就不是好兵，非常不尽然，元帅是元帅，兵是兵，元帅重要，兵也非常重要。具体做什么，要看自身的条件和喜好。

　　爸爸还给我们讲了一个小故事：在英国的一座大厦，有个看门人，一辈子站在门旁，为进出的客人服务。到他年岁不小时，老板看他辛苦了很多年，想提升他为领班，以便干些轻松的工作，不用再这么辛苦。但却被看门人拒绝了，他说："我干这工作二十多年了，懂得怎样干得最好，重要的是，我非常喜欢这份工作，觉得乐趣无穷。"

　　爸爸说，不一定往"高处走"对每个人都适合，要立足自己，只要自己努力了，做什么工作都能从中得到乐趣，使自己快乐地生活。

　　爸爸向来不空讲大道理，他总能把道理放在生活小事中，再通俗地讲给大家听，效果当然好了。那天，连校长和很多其他班的老师都来听了。

　　讲完课，爸爸走了，我成了名人。

　　更想不到的是，那位化学老师竟因此恢复我上课了。那阵子，同学总是缠着我问老爸的事，及有关文学方面的事，还要让我代为请教一些问题。可爸爸太忙，经常找不着人，有时我只好瞎编一些胡乱应付，慢慢地，好像我也成了文学家似的。被问得多了，自然要露出马脚，弄得不得以，还真要"逮"着老爸询问一二。

　　有个同学问起现实主义文学的作品，我真不懂，只好回家问，老爸讲了一段，令我记忆犹新：

抗日时，一个士兵的大腿上"挨"了一枪，也没得到及时医治，只是用纱布包起来止住流血，依然坚持行军。过了些日子，这士兵觉得大腿不怎么疼了，但感觉越来越痒，而且痒得出奇的厉害。他实在忍不住了，就一层层地打开纱布。揭开最后一层纱布一看：大腿上已烂成一个大窟窿，窟窿内爬满了肉蛆，这些蛆乱爬着，不停地咬着腿上的烂肉和腐血；这士兵一看，太恶心了，就用手一把、一把地把蛆抓出来扔在地下，有些蛆还顺着他的手指缝钻出来，又爬得满手臂都是；士兵边抓边不停地骂：我操他"归了包堆"的祖宗……

回学校后，我特意选在吃中午饭时讲起这段，听得班里的女生没有不吐的。我又问老爸，什么叫"归了包堆"啊？说，就是"夯巴啷"、"包圆"、全部的意思。

中学时代的美妙之处，就在于你想干什么都可以，记得那时有首歌：

> 我们大家在一起，
> 大家都是姐妹兄弟，
> 不要，不要距我一千里；
> 你喜欢谁都可以，
> 只要她肯答应你，
> 互相做个朋友没关系；
> 有什么困难说出来，
> 有了心事别藏着，
> 这里是快乐的天地；
> 将来我们回忆现在，
> 就像现在回忆过去，
> 欢乐日子充满笑语。
> 功课不太好，没有什么大不了，

只要尽了力，才能不及没关系；

路有千万条，条条通向远方，

路靠自己走，前程在于我。

16. 爸爸的"演艺"生涯从中学时代就开始了，他的收山之作是张艺谋导演的电影《代号美洲豹》。

　　提起老爸的"演艺"生涯，要追溯到他的中学时代。他那时候就喜欢在课余时学着演戏，唱、念、做、打，样样都会，能唱，能"比划"。

　　爸爸在家时，常会随着电视里播的京戏唱段，哼上几句，也有板有眼的，很像那么回事。而且满嘴都是戏班里的专业名词；比如他常会提到的一个词"搂闪"，懂吗？不懂吧。爸爸说了："这是我们戏班里的'行话'，就是拉屎。"

　　一次在吃饭时，聊起有个"名角"，和乐班敲鼓的有点矛盾。那敲鼓的师傅，在演出时就故意整他，敲来敲去的，没完没了，害得那武生一条腿抬起来，总也放不下去。老爸说得兴起，站起来，举着手里的筷子，抬起腿来站在那儿比划，嘴里还"锵锵锵锵……"地带着锣鼓点儿，学那武生的样子琢磨着：这鼓怎么还不完啊？自己边学边笑个不停。妈妈在旁看着，都替他累，说："你就快坐下吃饭吧。"爸爸觉得还意犹未尽，非把整个过程学完了，才坐下接着吃。

　　爸爸刚参加西南文工团工作时，在合唱队并一直是四声部的声部长，在舞台剧一类的演出中，他最常提到的一个角色是"石头"。有剧照为证。

　　那是一部独幕话剧，名字是《他回来了》。爸爸饰演的石头是个被抓的壮丁，偷跑回家，国民党兵来追，他就躲进自家的面柜里，不承这是爸爸饰演可怜的"石头"，一脸的无奈。

想，里面已经藏着一个来偷东西的土匪，土匪怀里还掖着只偷来的烧鸡。这下好了，爸爸和土匪每次演出时都要互相把对方弄得一头一脸的面粉，所幸的是可以抢到鸡吃。爸爸说，那时，其他演员总要求他们嘴下留情，留下点儿分着吃。

当时他们还排演过一部多幕剧《爱国者》，特别受欢迎。爸爸在剧中饰演一个敌伪村长，名字叫蒋三宣，是个两面派。剧中有一场戏是，蒋三宣来劝降一位英雄大妈，被大妈臭骂一顿，但他也不生气，走到门口后仍回过头来笑嘻嘻地说："那我可就先走啦。"人家大妈不理他，让他快滚！他还是笑嘻嘻地说："那我可就先走啦。"台下观众开始大笑起来，爸爸一看观众笑，走到窗户边，即兴又加了一句："那我可就先走了啊。"观众更笑得欢了。

后来演出这部戏时，每到爸爸说"那我可就先走啦"，台下观众就笑，说一句，笑一阵，经常要比剧本多说三四遍。有时爸爸都到台口要下场了，突然又回头笑嘻嘻地说："那我可就先走啦。"把观众逗得哄堂大笑，连导演都蹲在一旁笑个不停，又边笑着把爸爸拉下场。

在1987年，爸爸还演了一部电影《代号美洲豹》，导演竟然是张艺谋。爸爸当时和团里编导组的几位叔叔，一起在影片中客串了一班国民党中常委要员在开会，研究劫机事件发生后的对策。他们这几位"大爷"在云山雾罩之中，摆出各种老奸巨猾状。爸爸的几个镜头，就如同这片子一样，一闪而过了。就这样，阎老的演艺事业就此告一段落。

天啊！真不敢相信爸爸有过这"身份"。

爸爸嘴里常有句话：江湖财，江湖散。也不知为什么，我常会感到老爸身上，时不时流露出一股江湖味道。

可以说，老爸对很多事都表现出满不在乎，荣誉、财富他都是淡而受之，不以物喜，更不张扬。面对困境亦能坦然处之，我觉得这应该和爷爷、奶奶的为人之道不无关系。

爸爸有着很浓的武侠情结，前面提过他少年时期就追捧过还珠楼主的著作，到了二十世纪八十年代中后期，北京的街头巷尾开始有了新一代的武侠小说后，爸爸又重新燃起侠骨豪情，从金庸、古龙到温瑞安，直至不知名的作品，看见就买，忙活儿的不得了。

那时我们大院附近有个农贸市场，杂七杂八卖什么的都有，其中还有一溜儿摊位卖书，其间就有几个专卖武侠小说的。老爸成了那里的常客，几乎每周光顾一次，那几位"倒爷"也都熟识阎老了，有了新书必然给我爸留下一套，到后来就干脆直接送到家里来了。

老爸虽然热衷于此，但他对这类书均不摆进客厅的大书柜里，说是不好意思，只能悄悄地放在小书房的一侧。而且分门别类地区别对待，有的立刻神速读完，有的就束之高阁了。我问过爸："您怎么比我还爱看啊？"

他说："我看这东西，就像看小人书，换换脑子，歇歇。看这类书不用动脑子，成人童话嘛。"

"那些不看的，买它干吗呀？"

"山人自有妙计！"这是老爸的口头禅。

"什么计啊？"

"就是等我退休了再慢慢看。"

那两年，常会和爸爸神侃各种兵器、刀法，再争论谁最厉害，哪个最有运气。有天中午，我在客厅换衬衫，老爸有段时间没看见我光膀子了，猛然见到我一身的肌肉，挺惊讶："哎呦，好家伙，这两块脯子肉支棱着，真棒啊！"我故意"绷"了一下，爸笑了："快让你妈也看看，她准高兴。"

"这有什么好看的啊。"我假装不当回事，其实心里很得意，这段时间没白练。

"让她看看，"爸又冲着卧室叫妈妈，"文辉，来看看你儿子的胸肌，倍儿棒！"

妈妈正抱着要洗的衣服出来，一看也禁不住笑了："在学校练的？"

"是啊。"

"都练什么啦？可别伤着。"

右边的人就是我爸？有些不像。

"就是做俯卧撑，每天做五组，每组30个。"

老爸觉得还不过瘾，插嘴道："再举举哑铃，把胳膊再练粗点儿。"

果真，爸爸很快让妈妈给我买了副哑铃，又买了臂力器、拉簧，他很喜欢看我锻炼。我上高中时，就能拉开五根簧，一气拉个十几下，有时，让来家里的客人碰见，吓一跳。

但我这些俯卧撑、"拉簧"之类的小表演，和爸爸完成的一项壮举相比，简直太小儿科了。

湖北有一位老船长，是爸爸在一次旅途中认识的朋友。他听说爸爸爱喝豆浆，就专程托人捎来了一个磨豆浆的石磨盘。但相托的人只是路过北京，只能将磨盘送到北京站，让我们家里自己去人接。正好那天我不在家，爸爸从来就是个人的事决不用公家的车，另外也觉得一个家用磨豆浆的磨能有多大啊，就自己去了。

老爸这是跟谁啊？他身边没人啊！

到了站台一看才知道，那磨盘的直径足有一尺多，上下两层加起来也得有一尺厚，整个儿就是个不小的石碌子。后来我曾试着抱起来，走几步都觉得费劲。爸爸一看，傻眼也没辙啊，也不能不要了啊。于是他把石磨上下两层摆开，用麻绳分别拴牢，人弯腰蹲下，把绳子挂在肩上，一咬牙，一较劲儿，使劲儿站起！两片石磨一个挂在前胸，一个挂在后背。爸爸说当时就感到，前面的肋骨插到后背去了，后面的骨头跑到前胸来了。就这样，爸爸硬是把石磨从北京站扛到地铁，再坐地铁到玉泉路，也没怎么休息，又从玉泉路地铁站扛回家。

从地铁站到我家少说也有15分钟的路，再加上那么多层楼梯，反正一般的文弱书生是干不了的，这要是没点子"虎胆龙威"，可真扛不回来。据说看着爸爸扛着石磨进家时，妈妈都吓傻了。

但非常遗憾的是，爸爸如此英雄地扛回的磨，好像只被用过一次。因为用起来太费劲儿了，妈妈根本转不动它。后来这石磨被妈妈命名为"你爸的石磨"。后经数次搬家，妈妈都不敢扔掉它，可能妈妈也觉得那磨上带着爸爸的豪气呢。

几乎所有人都觉得阎老平易近人，和蔼可亲。的确，爸爸从不摆架子，但我能感觉到，爸爸骨子里有非常的傲气，很多时候的不争可能是不屑一争罢了。

爸爸对于生活中的困难、挫折有很强的忍耐力，并能冷静地接受现实的考验。他总说："事情横着来，你就顺着想。"他笑谈生死的态度也独树一帜。

爸爸说，在刚参加革命时，像大伙一样，不计生死，能多革命一天是一天，一年是一年。解放后，就开始希望多为革命做几年贡献，最好能活到三四十岁。在结婚初期，和妈妈聚少离多，爸爸也觉得很正常，像人家苏联乡村女教师瓦尔瓦拉·瓦希里耶夫娜一生只和丈夫相见两面，不也一样革命一生。爸爸顿了一下又说："但是，人啊，老是享福就慢慢变质了。像我到了五十多岁时，就想着还是得多活些年才好。当然也不能太长了，就来个三百岁就行了。"

我一猜，他最后就得说这话。立刻加上一句："那您干脆直接活到178526年得了。"

17. 我帮爸爸写了一首歌词，却署了阎肃的名字。爸爸到处跟别人说，找人更正，像个正事似的。

到了1985年，我要考大学了。在离高考个把月工夫时，我被一颗"流弹"击中，这颗流弹就是《射雕英雄传》。一天在课堂上，一个学习极差的同学，突然拿出一本缺皮少页的大开本图书，在我眼前一晃，我立刻被上面的插图所吸引。那是梅超风同"江南七怪"荒原夜斗的场景。于是我一把把书夺过来，课也不听了，"狂读"一气。但这本书实在太破了，上册已经残缺不全了，下册的后半本干脆就没了。大家都知道，武侠小说看到一半，不知道结局实在是人生一大苦事，就如同美女买了件新衣服，找不着镜子一样。我到处找，也找不着，有时想起来直发呆。

几天后回家，看爸爸不太忙，就顺嘴跟爸爸神侃起这部书来。这事我不敢让妈妈知道，她那会儿恨不得我除了吃饭，就一心复习功课，厕所都最好少上。和爸爸说呢，他是不会大惊小怪的。爸爸听完我连说带比划、略加夸张的片断描述后，露出一种小事一桩的神情，顺手拉开书桌最下面的抽屉，拿出几本书问："是这个吗？"

我一看，我的天哪！精装，彩色封面，四本一套的《射雕英雄传》！"老爸，你真行啊！你怎么有这个啊？"

"没想到吧，你说得这么热闹，还以为我没见过吧。"

"见过见过，您老什么没见过！快让我看看吧，我都快急死了！"

"那可不行，"爸爸得意之余又反应过来了，说，"你还有两三个星期就高考了，等考完再看吧，又跑不了，我给你留着。"

我一想也是，强咽了一口唾沫。爸爸总算想起，应该关心关心我的学习，问道："你复习得怎么样啦？用不用我帮帮忙？"

"您能帮啥忙啊？帮我考一门？"

"我可以帮你念填空题什么的，以前你姐考大学，就是我帮着念，她答。"

"我哪有她那么笨哪！咱是啥脑子啊。"

"就是，咱俩这脑子都没问题！"爸爸也开始顺着我吹起来，"我当年考重庆大学，还有川大，都考上了，也从没让谁帮过忙，都是我自己复习，考完试，两个大学都要我。"

"您的那个重庆大学，也叫大学，没啥名气当然好考了。"

"嘿！你这是纯粹瞎说，那时候很有名的，就是现在也不差啊。"

"是吗？行，行，就算不差吧，您当然差不了了，可我姐就不行了。"

"女人嘛，脑子当然要差一些了，要不怎么叫女人呀。"爸爸看妈妈不在，也趁机大放厥词。

"是啊，哎！这女人考什么大学啊，洗衣服，做饭，在家学学不就行了，还用去大学里学吗？"

"哈哈哈……"

我们一通胡扯，哈哈大笑。末了，爸爸说："别人问过我，俩孩子当中哪个遗传我的艺术细胞多点？我想了想说，还是儿子多些，他问何以见得呢？我告诉他，我这儿子和我一样贫嘴，都属于'废话协会'的。"

MY FATHER YAN SU 我的爸爸 阎肃

爸爸说的"废话协会"，还真有这么个组织，他也是主要成员之一。"废协"的会长，据说是作曲家陈紫先生，有诗为证：

> 陈紫，陈紫，知名人士；
> 有《刘胡兰》曲谱问世；
> 三教九流，无所不知，
> 有问必答，答而不止；
> 人送外号，"把你聊死"。

贫嘴归贫嘴，高考前我也开始非常认真地复习了。尤其在考试一周前，把时间计划得仔仔细细，几乎每晚都和同院的"考友"刘工一起熬到深夜。临考前，我每科都押了几道题，并告诉了几个要好的同学，后来证明，押题之准，令人惊讶。事后一同学说，她竟然以为我事先知道考题呢。我以全校文科第一名完成了高考。

在考最后一科政治时，发生了个小插曲：坐在我前面的考生，是一个看上去像是考了多年的老毕业生。考试中，突然把身子往后靠，问我一道填空题："人大常委会委员长是谁？"说实话，我被吓了一跳，高考作弊被抓住就完了。但看着他岁数不小了，动了恻隐之心，将头凑近他，小声说："彭真。"我以为完事大吉了，没想到他又侧头问了一句："彭字怎么写？"我实在是哭笑不得。

在答完最后一题后，也许是太累了，或是没压力了，我竟趴在桌上睡着了。监考老师赶快过来拍醒我："同学，这是高考，怎么能睡觉啊？"

"什么考也经不住困啊。"

"那也不能睡啊。"老师充满爱心地说。

"那我交卷好了，我回家睡去。"于是我在那位好心的老师吃惊的眼神中，交了卷，骑车回家。其实回家我也不能睡，因为一年前，我就和初中时的一位女同学约好，高考完那天，在八一湖公园见面。

到了公园我们约好的地方，我就坐在草坪上等。等啊等，等啊等，等到公园没人了，就站到公园门口的马路上等，一直到下班的车流都稀少了，还没等到。后来才知道，那女生早把这事给忘了。

我心情失落地骑车回家，唉！挺好的计划又落空了。

对于计划，爸爸常说，人最重要的，是懂得给自己定好目标，再按目标制定计划，并努力认真地实施。但是，因为各种因素，有主观的，有客观的，不是每个计划都能完成的，而且可能绝大多数计划都完成得不尽如人意。但是，达不到目标，也不要因此就认为是世界末日了，大可不必。应该怎么办呢？应该再根据现实情况，自身能力，尽快重新制定一个新的计划、新的目标，再去努力。这样，你永远都会保持乐观的心态去迎接挑战。

快到家时，我的心情慢慢变好了。因为在路上，我突然想起，爸爸抽屉里的那套《射雕英雄传》，按爸爸的那套理论，我此时的目标，从那女生改成这套书了。那天晚上，我挑灯夜战，害得爸爸夜里两次来敲我的房门，催我睡觉。

我报考的第一志愿是北京外贸学院，属于英语类。两天后，妈妈陪我到位于北郊的外贸学院进行口试。考生们被分为几组，分别在几个办公室里面试。排在我前面的，是十二中的一位女生，她上来就对我说："你赚了，咱们这组是女老师，女老师都喜欢男生，男老师就讨厌男生，对我们好，所以我悬了。"我听了，心里很赞同，窃喜的同时也假装宽慰说，她是来自名校，基础好没问题，等等。等她考完，轮到我刚要进屋时，突然一校工跑到门口，说："刘老师您电话，家里的。"

等着给我考试的那位女老师问："急吗?"

"好像挺急的。"

那老师答应着走出来，歉意地看了看我，再扭头把一"巡场"的男老师叫过来说："张老师，麻烦您替我一下，我接个电话。"

"好，您去吧。"那男张老师接过考题，走进屋里，并冲我招招手，示意我进去。我这心里甭提多难受了。等张老师开口用英文问我第一个问题时，我满脑子还是男老师讨厌男学生的想法呢，根本没听清他的问题，糊涂中顺嘴问："您问什么?"

这下坏了。英语口试中，最大的忌讳就是不能说中文。说算你没听清，也要用英文的"pardon?"回应。就这样我被"刷"了下来。

最后，我蹊跷地接到我报考表上的最后一个志愿——北京商学院的录取通知书。当时的确有心不去，想复读一年。但爸爸看得很开，说："就算学校不是一流的，但你是一流的，在哪儿都会很棒的。"我经不住这顶高帽子，就去了这所知名度并不高，但有着当时最前卫的管理专业的学校，并进了管理系，学商业企业管理。巧的是，和爸爸当年念的大学专业一样，也算是天意了。

上大学不久，一天在家闲着，爸爸过来说："有个为残疾人搞的晚会，让我给写首歌，挺着急，可我最近实在没工夫，忙不过来，你帮忙写个吧。"

"我写的，行吗?"

"嘿! 你瞧，你写的还能有错啊。你要写词，得有一批干这行的没饭了。"

被老爸这么一捧，我立马晕了，打起十二分精神，写了一首《彩虹》：

在梦里，我畅游太空，

自由自在，踏着云，乘着风；

在梦里，我登上高峰，

面对大海，看着云，听着风。

也许我带来的太少，

也许我带走的太多；

梦里，我临走时，留下了彩虹。

后来这首歌请作曲家孟庆云谱的曲，由几名歌手唱过，反映还挺不错。但大家都以为是老爸写的，在晚会和发表的词刊上都署着阎肃的名字，这下爸爸着急了，到处跟别人说，找人更正，像个正事似的。我倒觉得爸爸多此一举，写不写我的名字，没什么大不了啊，更何况我又不干这行。可爸爸依旧很认真地到处更正，弄得我都不知道他为什么那么郑重其事的。这当然不存在著作权等诚信问题，我们父子俩都没有那么小气。莫非老爸潜意识里希望我搞写作？真是不得而知了。爸爸从来没说过他希望我干什么，成为什么样的人，他一直都是让我自己把握人生，自己走自己喜欢的路，可能是因为他自己也是这么走过来的，包括政治思想上的进步问题。

我一直是属于比较落后的学生，小时候就没当上"红小兵"，少先队员还是妈妈给额外发展的。入团这件事在中学时就别想了，上了大学后，我也一度以为有机会，因为班里的团干部主动跟我说要帮助我入团，我也觉得挺好，就抄了份申请书交了，回家时还跟爸爸说："我马上要当团员了，以后咱们就是同志关系了啊。"

爸爸一听也挺乐，连说："好，好，宇同志好。"还挺认真地问："哎，人家这次怎么要你啦？"

"咱人缘好啊，又没干什么坏事。"

可过了些日子，又没下文了，爸爸问起这事，我就去问那团干部，他说："你最近不是又有旷课现象嘛，组织上还要再考验考验。"

就这样，直到毕业，我还是个长着翅膀的——非团员，而且全校就我这么一个。这和爸爸十几岁就加入新民主主义青年团，随后又入党的差距实在太大了。

在北京冬天的早晨，顶风骑车真是件痛苦的事。刚上大学时，回家的次数比较多，周日晚上如果住在家里，那周一一早，就要骑车往学校赶。其实学校离家并不算太远，也就30来分钟。有一次，我早晨骑车去学校，顶着西北风，那天太冷了，我觉得被风吹得连呼吸都困难，干脆一转车把，"调头"回家了。路上想，我可真当不了江姐啊，我的手冷点儿都受不了，人家竹签子插都不怕，这共产党员真不是谁都能当的。

爸爸一看我又进屋了，问："你怎么又回来了？"

"风太大，冷死了，中午再去吧。"

"啊？这就不上课了，那老师能干吗？"

"先这么着吧，要不您出去试试？"

"我是不行啊，可您这'红花会'的还怕冷啊？"

"'红花会'的也不行了，"我走到爸爸书桌旁说，"您这辈子，可真享福啊！从不用受挤车、骑车上班的苦，整天在家办公，少受多少罪啊。"

"那倒是，不过你回头得和人家老师好好说啊。"

如果是别的家长，遇到这种事可能就逼着孩子上学去。但我爸就很灵活，他不会强迫你一定要怎么样，尤其在我们长大后，他只是提出自己的建议，具体怎么办都是由我们自己决定，但他也是不失时机地跟我忆了一段峥嵘"往昔"：

那是1964年，爸爸为写《雪域高原》剧本，去西藏体验生活。那时已是12月中旬，他坐在解放牌大卡车的驾驶棚里，从西宁出发，经格尔木，倒淌河，五道梁，唐古拉，路上走了18天，海拔最高四五千米，零下四十多摄氏度。极度寒冷再加上高原反应，简直令人死去活来的。那时又没有什么驱寒设备，也没有高压锅，水都煮不开，蒸的馒头外面像糨糊，里面是面粉。夜宿一兵站，人家照顾爸爸，给他下面垫了4床被子，上面盖上5床棉被。爸爸穿着绒衣绒裤钻进去，还是一点热乎气儿都没有，缩成了一团"得得"打颤，感觉就像光着身子躺在雪地里一样。爸爸心想：除了这里再无任何地方能叫"艰苦"了，觉得多待一天就熬不过去了似的。天亮时，一小战士叫爸爸去喝粥，爸爸问他来这兵站多久了，他说快四年了。把爸爸惊呆了，爸爸说真是打心眼儿里向那小战士敬礼，他才叫英雄。

后来爸爸在西藏住了一段时间，因单位有紧急任务，爸爸就坐飞机返回北京。当时坐的飞机是美国造的军用47小型运输机，能坐十几个人，因飞机并不是全密封的，每人配备了一个氧气面罩，在飞越唐古拉山脉时使用。在临起飞前，突然又上来个老军管处长，但已经没有座位了，爸爸那时年轻，就把座位让给了老处长，自己挤进了驾驶舱，抱着个氧气枕头。不想起飞后不到10分钟，氧气枕头就瘪了，没氧气了，只好和领航员两人共用一个氧气面罩，你吸一口，我吸一口的，一直到落地。

1987年的寒假，报纸上最多的新闻都是关于海南岛开发、建省的，我听得心痒痒的，闹着要去看看。妈妈坚决反对，说那边太乱，不安全，而且家里在那边一个熟人都没有。但爸爸挺支持，觉得男孩子就应该出去闯闯，在我软磨硬泡下，妈妈只好同意了，并给了我400元钱。

这是我第一次一个人去陌生的地方。我背好背包，站在门厅，爸爸从卧室里出来，说："我送你吧。"

"不用送了，我妈呢?"

"她在屋里，咱们走吧。"

我冲着卧室喊了声："妈，我走了。"就和爸爸下了楼。

路上爸爸说："你妈刚才都掉眼泪了。"

"为什么啊?"

"怕你出事呗，那边挺乱的，你一个人，语言又不通，能不担心吗? 你还那么爱惹事。"

"没事儿，我都这么大了，就算遇到土匪，我也能对付，给他来个

'飞腿'。"

"你呀，你妈就是怕你惹事，出门遇事，千万别逞能，更不要乱发脾气。"

"放心吧，你还不放心呀？"

"我当然放心你了。"说着爸爸笑了。

爸爸看着我上了开往北京站的地铁，才回去。

海南岛的经历是我一生难忘的。

我在岛上转了大半圈，走了很多地方，最美的，当数东郊椰林了。

我到那里时，刚过中午不久，为了省下一元摩托车钱，我从公路徒步向海边码头走去。大概走了30分钟，穿过一片茂密的甘蔗林，被眼前的美景惊呆了：

一排排高高的椰树，斜斜地长在海边，整齐而又懒散地沿着无尽的海岸排列开去。大海湛蓝湛蓝的，被阳光一照，直晃你的眼，我想大多数人，对海都会情不自禁地去亲近，就像找到了归宿。那时东郊椰林还没被开发，又是冬季，整个海岸上，就我一个人，我忘情地在海边走着，脑子里一片空白，以前所有的烦恼在这一瞬间，消失得无影无踪。我像是又回到了孩提时，又回到了姥姥身边，我被这大自然的美景融化了，只剩下忘情地走着、走着，一直不停地走。眼睛里全是碧蓝的海水和无尽的椰林。天上的几朵白云，也被映射出蓝绿相间的光影。

我走啊走，走了4个小时竟浑然不知，当我忽然发现夕阳已浸在海水中时，才意识到天色已晚了，一种失落感瞬时间涌出，海的颜色逐渐变成了深绿，树端也开始有了微风。我竟如还没有完全恢复意识一样，茫茫然不知该往何方了。

这时，有个女人带着两个孩子出现在不远处的椰树下，我下意识地走了过去。女人是在祭拜，在石制的神龛前，摆着4碗米饭，米饭中间点着红点，一旁还放着鱼、肉、水果等。女人拜完，看看一旁呆呆的我，笑着问："你是哪里来的？"

"北京。"

"要去哪儿啊?"

"不知道呢。"

女人又笑了笑,说:"我可以吃你一顿,住你一夜。"从她不太标准的普通话里,我还是明白了她好客的意思,有些不好意思地说:"方便吗?"

"方便的,"女人收好祭拜过的食物,轻声说,"走吧。"路上,女人告诉我,跟来的,是她的两个女儿,一个16岁,一个14岁,大女儿明年就要嫁人了。

我跟着女人回了家,家里有一老太太和一位伯伯,后来我猜那老太太像是女人的婆婆,那伯伯可能是她老公的哥哥,而女人的老公一直没有出现。婆婆跟伯伯看到我,只是微微点点头笑笑。不一会儿,我们就开始吃饭,食物都是刚才女人祭拜过的,我觉得好像带着些许神圣。

我从没吃过那么新鲜的带鱼,还有清水煮的猪肉,我吃得很香。饭后,我和他们一家人坐在小院里,因只有女人会说些普通话,所以我们并没有太多的交流。他们淡淡地说几句,我淡淡地听,偶尔女人会解释一句,和我说上一两句话。

我抬头看着星星,是从未见过的,那么密,就像抓一把芝麻撒在一张白纸上,又亮,又是那么近。恍惚间,忘了自己身在何方了。那天是1987年农历腊月二十九,那晚我做了很多梦。

第二天醒来时,家里的人都走了,只留了张字条,估计是女人写的,写道:桌上是早饭,我们去看亲戚,下午回来,你要是不走,就等我们回来吃饭,要是走,就把门关上。

在我生活的部队大院,大家互相非常熟悉,在二十世纪八十年代以前,很多家白天并不锁门,去别人家就像自己家一样,但这家人,不认识我也能如此信任,就真是让我不知说什么好了。

每个人一生都会有很多遗憾,我当时太不懂事了,不知道问问,这是哪个村庄，也没问他们叫什么名字，因当时在海边是信步而走的，路也找不到了。我离开了那个充满着温暖、信任的房屋，再也找不回去了。这成了我一生的遗憾。

回来和爸爸提起此事，爸爸也很感慨地说："人遇到的好人越多，自己也就会更加善良些，因为那些好人，会在你心里的某个地方住下来，陪伴着你。"

大学二年级的暑假，学校突然决定组织我们年级搞军训，来到了河北省的塞外边镇——柴沟堡。这里就算是夏天，到了晚上也依然很冷，夜里站岗要穿军大衣。每天操练队列，大家都被训得人困马乏的，但最怕的还是唱歌。在部队，干什么之前都要先唱两段，开会前唱，来回路上唱，吃饭前唱，睡觉前还要唱；重要的是，还要比哪个排的声音大，闹不好就要反复唱几遍。准确地说，那不是在唱，是在喊。爸爸创作过不少军旅歌曲，那次军训我们喊得最多的一首，就是他写的《军营男子汉》：

MY FATHER YAN SU

我的爸爸 阎肃

> 我来到这个世界上，没有想去打仗，
> 只是因为时代的需要我才扛起了枪；
> 失掉不少发财的机会丢掉许多梦想，
> 扔掉一堆时髦的打扮换来这套军装。
> 我本来可能成为明星到处鲜花鼓掌，
> 也许能成经理和厂长谁知跑来站岗；
> 但是我可决不会后悔心里非常明亮，
> 倘若祖国没有了我们那才不可想象。
> 真正标准的男子汉，大多军营成长，
> 不信你看世界的名人好多穿过军装；
> 天高地广经受些风浪我们百炼成钢，
> 因为人民理解啊我们心头充满阳光。

老爸也受子弟兵的欢迎。

　　爸爸说这首歌是他有一次下部队体验生活，从基层官兵到师团领导都反复座谈，之后将他们所谈的概括起来，就成了《军营男子汉》的歌词。爸爸作为部队的一员，反映战士生活的作品是相当多的。他一直认为，要想写出战士喜爱的歌，只有一条路，到战士中去，像他写的《天职》也是这样来的。

　　在爸爸的"军营三部曲"中，还有《军营春秋》和《军营时光》，我觉得《军营春秋》的几段词还是蛮有感觉的：

　　　　黄昏后，当天边的彩霞
　　　　伴着那清风，悄悄地爬上山口，
　　　　也正是我们一天当中，最悠闲的时候；
　　　　来吧伙伴们，弹起那六弦琴亮开你的歌喉，
　　　　唱一唱青春，唱一唱友谊，唱一唱军营的春秋。
　　　　谁说是，军人们的生活
　　　　单调又平凡，没见过红灯绿酒，
　　　　只有那一件件的军装，一群群的光头；
　　　　不啊，伙伴们，我们的生活里格外斑斓锦绣，金黄的奖章鲜红的热血还有那黑亮的枪口。

……

战士们最喜欢这首歌中"一群群的光头"和"黑亮的枪口"两句，每次唱到这两句时，声音明显提高"八度"，都大喊着起哄。

我在大学三年级时，也做出了一个不寻常的决定，"下海"经商，但没有弃学。

还是在1987年时，我四姨父在沈阳太原街上开了家挺大的服装店。我暑假时跑去沈阳玩，就顺便跟着他到上海、蚌埠等地"上货"，转了一圈，觉得很有意思，于是萌生了回北京做生意的念头。

在1988年下半年，我开始在北京到处找可租的柜台，最后通过朋友介绍，在德胜门外湖北黄石驻京办事处开的一家小商店内，以月租500元谈定一柜台。柜台谈好了，又发愁钱了，只好去找我的坚强后盾——妈妈。妈妈一听就摇头，拿着当笑话跟爸爸说，但最后，经不住我死说活说的，还是给了我3000块钱，这在当时已算是一笔不小的数目。妈妈想着就当打水漂吧，省得被我闹个没完。

预付完柜台租金，按之前我已安排好的，从海淀百货商场代销了一批他们库房里积压的服装，有毛衣、羽绒服等。因认识商场的总经理，一切手续就都从简了。服装拿来得异常容易，但容易来的可就不一定容易卖了。后来还真是，这批货基本上是怎么拉来又怎么拉回去了。

开业第一天，一件衣服没卖出去，我没着急。商店关门后，我坐地铁回家，在院门口，正碰见爸爸妈妈出来。老爸一见我就乐了："'大商人'怎么回来了，商人应该重利轻别离啊。"

妈妈更关心她的投资，忙问："卖得怎么样啊？"

我故作轻松状："着什么急啊！慢慢来嘛。"

"啊，一件没卖吧？"

"急什么啊，今天是星期一，人家都说，星期一买卖稀。"

"不急就好，我们去看戏，你去吗？"

"不去了，我还饿着哪。"

妈妈说："锅里有饭和菜，还热着呢，自己拿出来吃吧。"

第二天，又是一件衣服没卖出去，我直接回学校住了，省得被爸爸妈妈问。一连6天，什么都没卖，我有点儿坐不住了。在星期天的傍晚，大学同学杨勇跑来小商店看我，这时一个女顾客正在试穿我柜台上的一件羽绒服，我想赶快打发走那同学，好集中精力做成这笔买卖。可同学竟说他要看完她买不买再走。把我急得，又只好摆出一副无所谓的样子，索性拉着他到门外继续闲聊，眼睛的余光却密切注视着售货员和那女顾客的"斗智斗勇"。足足15分钟，在经过一阵讨价还价，售货员最终在我许可的眼神授意下，答应了女顾客便宜3块钱的要求。我的第一笔买卖终于做成了：以85元卖了一件羽绒服：短身，白色的，带个帽子挺好看。进价58元，赚的钱除去一天的租金，还多十块钱。我和同学杨勇都笑了。

其实做生意是相当艰苦的一件事。那时大家只看到，倒爷们骑着摩托车风光的一面，但不管在哪个时期，出来做生意的，赚不到钱的还是大多数。

我能在初期那么艰苦的情况支撑下来，与"海百"当时的总经理张重华的帮助是分不开的。除了任由我在他们商场挑货、换货外，也没催过货款。

很快，我又在东四租了个柜台，德胜门的也就退掉了。当时东四是北京服装生意最兴旺，也最时尚的商业中心。这里的服装大多是从广州进货，但也有从石家庄进货的，这可能出乎很多购买者的意料：堂堂北京最时髦的服装卖场，竟然是从河北省进的货，肯定从感情上接受不了。但这是真的，我也去过一回。

去之前，我还特意回家想找个大包，挑来挑去拿不定主意，就顺口问爸爸拿哪个好，爸爸还挺认真，站起来端详了一下，说："如果要是'进'西服呢，当然最好用这个箱子了，省得把西服弄皱啊。要是'进'其他东西，还是这个包好，它口小肚子大，最能装。"

"内行啊！那我就把这两个都拿着吧。"

爸爸看我接受了他的意见，挺高兴。也是他真行，不懂的事都能说得头头是道的。

生意是越来越顺了，学校也就越来越去得少了。因为每天"收摊"挺晚，就不住在学校了，每天最多就上10点到12点那两堂课，一下课就"打"车往东四赶，下午课是通通不上了。因旷课太多，以至于有的课，都没怎么上过，参加考试时，老师都怀疑我是不是这个班的。

记得上大一时，我还曾在学校附近，报名上过个日语班。开始两次还能认真听课，背背字母。一个星期下来，晚上再去听课时，第一节就犯困，第二节干脆趴在桌上呼呼大睡了，精力上真是很难支撑。所以有时在想：那么多父母送孩子出国留学，在外面半工半读，觉得很难兼顾。工作已经累得半死，再去上课，几乎不太可能。所以大多数所谓的留学生，也就是在当地国的语言学校混混，还都是和中国人自己混，根本学不到什么，不过这也怪不得他们，精力有限嘛。

18. 从策划1986年春节联欢晚会开始，爸爸一共搞了十五六次"春晚"，春节加班也就成了家常便饭了。

老爸第一次接触电视节目是在1984年，北京电视台张正言阿姨编导的《家庭百秒十问》。这个节目当时是1985年春节期间播出的，在北京红极一时，非常受观众喜爱。在制作这个节目时，张阿姨请爸爸帮忙给这个节目当顾问，并撰写主持人台词及帮着出些题目等等。爸爸那时说，连续每天要出一百个题目，半个月后，也快没题出了。我曾问爸爸："怎么会想到去搞电视节目啊？"

老爸说："人家找上门来让帮忙，觉得挺有意思就搞了。"

"那人家干吗找你呀？"

"那我就记不清楚了。"

老爸就是这样稀里糊涂地与电视结下了缘分。那年，又帮着北京电视台搞了晚会《游谜宫》，后又参加中央电视台晚会《新春乐》的撰稿，用著名相声演员杨振华父子在深圳游乐场的一番游趣游贯串整台晚会，逗乐了观众。

到了1985年入冬时，中央电视台著名导演黄一鹤叔叔找到我爸，尊称爸爸为老大哥，开始策划1986年的春节联欢晚会。从那时起，爸爸一共搞了十五六次中央台春节联欢晚会，春节时加班也就成了家常便饭了。

从深圳后来，爸爸回想起特区文化的新鲜，就顺笔写了个小歌剧《特区回旋曲》，讲的是3个复员战士在特区旅游行业做出了成绩的故事，该剧作曲是刘江先生，后来由总政歌剧团排练演出了。

自从开始搞电视晚会，尤其是春节晚会，爸爸在家的时间变得又少起来。特别是下半年，几乎总是住在不同的剧组，难得回家。我卖着服装，回家也少，和爸爸碰面聊天的机会就更少了。

爸爸在1988年底策划了新年晚会——《难忘一九八八》。这台晚会构思巧妙，把美国总统竞选的形式搬到了晚会主持人的互相打擂上，很有意思，并获得当年的全国电视文艺"星光奖"和全国优秀"撰稿奖"，这台晚会也被老爸引为得意之作。

难忘1988，难忘的何止是1988，我们难忘二十世纪的整个八十年代。

> 但愿到那时，我们来相会，
> 举杯赞英雄，光荣属于谁，
> 为祖国，为四化，
> 流过多少汗，
> 回首往事心中可有愧。

啊……年轻的朋友们，

创作这奇迹要靠谁，

要靠我，要靠你，

要靠我们八十年代的新一辈。

这首歌，迎接着二十世纪八十年代的到来。八十年代对于中国人来说，意义非凡。那是个充满幻想的年代；充满真诚与朝气的年代。八十年代的激情与理想，只有成长在那个年代的人才能真切地体会到。

二十世纪八十年代，是值得全体中国人引为自豪并深深怀念的年代。八十年代，人们之间充满着真诚、友情、团结、互助；八十年代，青年人勤奋好学、谦虚上进；八十年代，人与人之间是那么近、那么亲，一人有难大家帮，一人取得成绩，同事、邻里都为你高兴。

1984年国庆大游行，点燃了每个中国人心中的情感。游行队伍里的人们，尽情抒发着内心的兴奋；观看游行的人们流下了激动的眼泪，互相诉说着希望；每个人都希望，也坚信祖国会变得更加富饶和美好。

八十年代，全体中国人有着共同的信仰、目标、追求，大家是如此的团结、和谐，都坚信"四个现代化"的到来。

多么难忘的八十年代！

多希望，人与人之间不要暗藏着那么多功利，不要存在那么多的冷漠。让我们回到互相关心，充满友爱的善良社会。邻里之间能像家人一样，相互照应。以前谁家的孩子放学回来，自己的父母不在，就到邻居家吃饭，从不见外。现在家家铁门紧闭，对门住的是谁更漠不关心，听到敲门，要先从"小孔"中望去，人与人之间的距离难道就不能再贴近吗？

多希望，我们能回到以前，回到大家彼此充分信任的年代，不要再像现在这样：同学之间不信任，同事之间相妒忌，上下级之间缺少理解，夫妻之间相互猜疑。这是怎么了？人与人彼此之间的信任感到哪里去了?

多希望,我们能回到纯洁的年代,女孩儿们,有着一颗善良的心和纯真的微笑;男孩子们,怀着一颗宽厚的心和远大志向。可现在青年人的贞洁感、羞耻感到哪里去了?"二奶"、"情妇"、"一夜情"这些词儿,连几岁的孩子都常挂在嘴边,难道纯洁真的离我们而去了吗?

多希望,我们看到"忠诚"二字,不再嗤之以鼻,觉得可笑、荒唐。我们的文化,是推崇忠诚、忠心的,不应该被视为迂腐、过时。难道我们不该对朋友忠诚吗?不该对爱人忠诚吗?很多人开始瞧不起这两个字了,他们觉得只要对得起自己,其他什么都不重要了。可怕的是,这好像已成了年轻人中的风气。

多希望,我们的年轻人敢于拼搏,知道勤奋才是成功的唯一途径,不要等着天上掉下来的馅饼砸在你头上。

多希望,我们能像以前那样,重新有坚定、共同的信仰。如果你问现在的学生"你崇拜谁"?他多半会回答,"谁也不崇拜,我崇拜我自己"。

"你自己有什么可崇拜的地方吗?"

他只好无语了。

一个民族,一定要有统一坚定的信仰,如果人人都自以为是,自认为了不起,那么这个民族,其实是非常脆弱的。

几年前,一个朋友从日本留学回来,说他非常不理解的是,像日本人那么谨小慎微,不敢越雷池半步,一切按规矩办事的性格,当年怎么能打败中国人。他说日本人可胆小了,一个老太太,半夜时过马路,在路上空无一车一人的情况下,竟然还按着人行横道的指示灯过马路,令他费解。听完他的话,我告诉他,他错了:只有一个守纪律的民族,一个不是人人都要实现自我的民族,才是强大的,它的合力是巨大无比的。

民族性,我们的民族性是怎样的呢?多么希望,我们能认清我们民族的本性。

我们中华民族拥有五千年古老文明，我们的人民纯朴、善良、勤劳、正直。我们民族的原本属性，一贯是要牺牲小我，依赖集体的力量，战胜困难。我们不像美国那样的移民国家，以单独的个体组合而成，那种历史需要个人英雄主义，我们不同，我们应该更重视整体，这样我们的国家才更有希望，也更加安定。

对于搞电视晚会，老爸一再说："让老百姓喜欢看永远是最重要的。"1989年的"十一"晚会是他策划撰稿的，我正好在家和老爸一起看，其中有个节目是：北京首钢的工人合唱队，坐在颐和园的"石舫"上唱老爸写的《风雨同舟》：

> 当大浪扑来的时候，
> 脚下正摇摆个不休；
> 看险滩暗礁，重重关口，
> 伙伴们，拉紧手，风雨同舟。
> ……
> 八百里狂风吹得衣衫儿抖，
> 是热血男儿，正当显身手；
> 管什么两岸猿声阵阵愁，
> 放眼看，江山何处不风流。
> ……

看后，我问爸爸："你们这是坐的什么船啊？石船。那船永远不会前进啊。"

爸爸像是早有准备，冷静地答道："但永远也不会沉没。"

MY FATHER YAN SU

我的爸爸 阎肃

19. 《雾里看花》唱红以后，有人说这首歌写的是男情女爱，也有人说歌词里蕴含着禅机。

老爸在创作上属于不知疲倦的人，作品很多，称得上是一位多产作家。不仅创作过歌剧、京剧、舞剧及大量歌词，还写过山东快书《龙宫献宝》、相声《大家负责》、数来宝《各路英雄会北京》、四川花鼓《歌唱婚姻法》。听起来都有点儿乱，像是开杂货铺的。

有天晚上，我在一个朋友家串门，朋友哥哥正看电视里播的一台晚会，看得津津有味的，还不时地跟着哼哼，我问："看什么呢？这么高兴。"

他说："京腔京韵自作多情。"

"啊，怎么叫这么个名字？"

"哈哈，是我多加了个字，是那位阎肃搞的。"

因朋友不知道我是阎肃的儿子，也就没再说下去。谁知他哥哥又加了一句："你说这位阎肃同志还真是自作多情啊，写了这么多北京的歌。"

我实在怕他再说出什么怪话来，今后知道了大家更不好意思，于是赶快说："他是我爸。"

"啊？""啊！""真的？"他们全家都惊了一下，随即大家都笑开了。朋友的妈妈收住笑说："你爸爸的歌写得真挺好，不过我觉得你爸爸不太像北京人。"

"哟！阿姨您真行，您怎么看出来的？"

老太太扭捏起来："也不是看出什么，反正我就觉得他不像很地道的北京人。"

我爸这个不很地道的北京人，在北京也生活了几十年了，对北京的感情还是蛮深的，由此创作了《北京的桥》、《故乡是北京》、《冰糖葫芦》等19首京味儿歌曲，并应北京电视台之邀，策划编辑了一台由这19首歌曲连缀而成的"京腔京韵自多情"春节晚会。这些他写北京的歌中，有不少流传挺广，像描写北京街头各式各样桥的《北京的桥》：

　　北京的桥，千姿百态，
　　北京的桥，瑰丽多彩；
　　金鳌玉蝀望北海，
　　十七孔桥连玉带。
　　高梁桥龙王把水卖，
　　金水桥皇上挂金牌；
　　卢沟桥的狮子最奇怪，
　　您就数啊数啊，怎么也数不过来
　　……

还有思乡味很浓的《前门情思大碗茶》：

　　我爷爷小的时候，常在这里玩耍，
　　高高的前门，仿佛挨着我的家；
　　一蓬衰草，几声蛐蛐叫，
　　伴随他度过了那灰色的年华。
　　吃一串冰糖葫芦，就算过节，
　　他一日那三餐窝头咸菜么就着一口大碗茶。
　　啊，世上的饮料有千百种，也许它最廉价，
　　可谁知道，它醇厚的香味儿饱含着泪花。
　　……

当时这批京味歌曲流传很广，很多在海外的朋友都很喜欢。有一个远嫁美国的朋友说，每次听到《故乡是北京》这首歌时，都会掉眼泪，但她并不是北京人，我想可能是因为在海外游子的心中，这里所唱的北京，就像是祖国母亲了。

> 走遍了南北西东，
> 也到过了许多名城，
> 静静地想一想啊，
> 我还是最爱我的北京。
> 不说那天坛的明月，北海的风，
> 卢沟桥的狮子，潭柘寺的松；
> 唱不够，那红墙碧瓦太和殿，
> 道不尽，那十里长街卧彩虹。
> 只看那紫藤古槐四合院，
> 便觉得甜丝丝脆生生京腔京韵自多情。
> 不说那高耸的大厦，旋转的厅，
> 电子街的机房，夜市上的灯；
> 唱不够，那新潮欢涌王府井，
> 道不尽，那名厨佳肴色香浓。
> 单想那，油条豆浆家常饼，
> 便勾起细悠悠蜜茸茸甘美芬芳故乡情。

据说在广西举办的首届"刘三姐"杯民歌大奖赛上，进入半决赛的20名选手中，一半以上选唱的都是这首《故乡是北京》。不过这也有点过分了。

那时电视上晚会

老爸这是在想词儿吗？想词儿也用不着这样啊！

很多，爸爸参与策划、撰稿的也很多，他的作品就更多，几乎每个晚会上都会有他的一两首歌，《雾里看花》就是那时诞生的。

当时中央电视台为搞一台纪念《商标法》颁布10周年的晚会，请老爸策划，其中有个片段是打假的，要写一首"打假歌"。爸爸想，直接写太麻烦了，那时假冒商品最多的是化肥、农药等，但总不能写"化肥是假的，农药是假的，皮鞋是真的"吧，想来想去，突然想到川剧《白蛇传》中韦驮踢"慧眼"的情节，灵感一闪，"识别真假也得有慧眼啊"，于是"借我一双慧眼吧，把这纷扰看个清楚……"就顺应而出了。这首歌最早就叫《借我一双慧眼》，大家唱着唱着嫌麻烦，干脆就用第一句的歌词代替，于是歌名就成了《雾里看花》了。

> 雾里看花，水中望月，
> 你能分辨这变幻莫测的世界，
> 涛走云飞，花开花谢，
> 你能把握这摇曳多姿的季节。
> 烦恼最是无情夜，
> 笑语难道说就是亲热？
> 温存不见得就是体贴。
> 你知道哪一句是真，哪一句是假，
> 哪一句是情丝儿凝结。
> 哦，借我一双慧眼吧，
> 让我把这纷纷扰扰
> 看个清清楚楚明明白白真真切切。

这首歌从一问世，可能就没有被看成仅跟"打假"有关，似乎超越了它本身，有人说它是描写男情女爱，卿卿我我；也有人说歌词里有"禅机"，能从中悟出人生哲理。打假打出这么多名堂来，已大大出乎老爸意料之外。当人们唱这首歌时，谁会想得到，作者是在提醒你，时刻要小心假货啊。这可真成了雾里看花了。

那阵子有的朋友和我开玩笑说："你们家老爷子真行啊，这么大年纪了还能写出如此缠绵的歌，是不是没事儿，在下雨天儿老跑到公园里'雾里看花'啊？"我心想了：我们家老爷子就算是真有这份儿心，也没这个胆儿啊。

二十世纪九十年代初，老爸还有首歌非常招人喜爱。那是爸爸将他对京戏的熟悉与喜爱，与流行歌糅和在一起而成的《唱脸谱》：

      ……

    蓝脸的窦尔顿盗御马，

    红脸的关公战长沙；

    黄脸的典韦，白脸的曹操，

    黑脸的张飞叫喳喳

    紫色的天王托宝塔，

    绿色的魔鬼斗夜叉；

    金色的猴王，银色的妖怪，

    灰色的精灵笑哈哈。

      ……

这首歌是由天津来的小姑娘谢津唱开的。谢津对音乐的领悟非常高，嗓音厚且宽，底韵十足，深得大家喜爱，只可惜她过早地离开了这个充斥着一张张各式脸谱的纷乱世界，真是造化弄人啊。

1991年，为庆祝建党70周年，空政第四度排演歌剧《江姐》。

在1977年和1984年，《江姐》曾两次复排并进行公演。1977年演出77场，1984年演出55场，仍然受到极大的欢迎。

《江姐》第四次复出，在全国各地共演出120场。

1991年6月30日，江泽民等中央领导同志观看了歌剧《江姐》，并与全体演职员合影留念。江泽民同志说："《江姐》这部戏告诉我们，今天的政权来之不易，忘记过去就意味着背叛。"

我的爸爸 阎肃
MY FATHER YAN SU

　　我大学毕业时没有服从分配，而是继续经营着自己在大学四年级时就开的小服装厂。妈妈对于我没有正式工作头痛不已，那时社会上的"个体户"还不是很多，觉得这样将来肯定没有保障。爸爸却好像一眼看到了未来，觉得今后"大锅饭"才难有保证，一定要靠自己发展。

　　后来不到一年，我又改行开了一家广告公司，开始经常接触电视台的一些部门，有时还会合作一些业务，或拍些广告及专题片。因爸爸在电视台的人缘很好，碰上知道我是他儿子的，都对我很照顾，也让我尝到了当名人儿子的一点儿甜头。工作顺了，接触的也就更多些。后来，电视台的一个工作人员跟爸爸开玩笑说："阎老，我们台能有半个台的人认识您，但认识您儿子的，比认识您的还多。"这话让爸爸吓了一跳，回家赶快问我，我说，那是玩笑话，当不得真的。

　　那时工作忙，回家并不勤，偶尔碰到老爸，他那时开始管我叫"少爷"，一见我回家，就说："哟，少爷回来了。"

　　我就回答："啊，阎老，您亲自在家啊。"于是父子俩又得互相吹捧一阵儿。那时候我们俩聊的最多的，是当时很流行的武侠电影。老

我们父子俩在互相吹捧之后，都面露得意之色。

爸给我讲过一个片子叫《少林三十六房》，说得神乎其神，把每一房都讲绝了，使我"胃口"大开，跑去一看，不过尔尔，很是失望。我给爸爸也讲过一个《飘香剑雨》，也给他说的直"咂摸"嘴，还特意找来看，过后我问他如何，他摇摇头说没有我讲得好。我们俩异口同声地说："看来咱们父子都是讲故事的高手。"

随着王朔同志小说的普及发展，社会上开始大兴调侃之风，就像掀起了一场批评与自我批评的大运动一样。而且有一批原本意义上的文化人，像很多识文断字的知识分子也都竞相往"糙"了发展，"牛×"、"傻×"的满嘴脏话。大家看得多了，虚头巴脑的人也就更多了。老爸每和我聊至于此，总会说起某一种人：这种人的最大特点就是对你极度热情，暖人心窝子的话恨不得能在你身上烫起一溜儿小泡，当然这种热度仅限在嘴上。比如，你要是找到他想要两张晚会的票，他立马摆出一副懊恼不堪的神情说："你怎么不早来5分钟啊？我一直给你留着，以为你不要了呢，才刚刚给了人，你早说一句啊！5分钟！怎么就不早来5分钟啊？"看着他那种"实诚"的夸张表情，你恨不得抽自己两个大嘴巴，好像去晚了是自己犯了多大的罪过似的。其实你什么时候去找他，都会是晚了5分钟。

因生意还不错，我也就开始了一些高消费，很早就买了BB机、大哥大，也买了些高级西服，当然也没敢忘了老爸。我给他买的第一份礼物，是个六千多元钱的"都彭"打火机，因怕他用起来不舍得，还特意多配了不少专用油和火石。我把打火机递给爸爸，他乐呵呵地跟妈妈说："看见没有，儿子不错吧，光瞧包装，就知道这打火机肯定好用，估计得好几百块吧。"我怕妈妈骂我乱花钱，就笑着点点头应付，并叮嘱爸爸一定要用。

那段时间爸爸还真爱用这新打火机，出门就带在身边。有一次，他去中央电视台录制节目，抽烟时，拿出打火机，"当"的一声点着，旁边一位工作人员说："阎老，您这打火机可真够高档的。"

"是吗?"爸爸得意地说，"儿子孝敬的。"

"好家伙，您儿子是大款吧。这少说也得六七千块。"

"啊？不会吧。"爸爸"惊"着了，就像被打火机烫了一下似的。

后来，在特意问了我知道真的那么贵后，再也不舍得用了，怕弄丢了心疼，就收了起来。前两年，有一次又说起这打火机，爸爸说："我就怕把它弄丢了，于是藏了起来，结果是，藏到了一个连我自己也找不着的地方了。"

20. 我跟老爸说："国家三代领导人，分别看了您的三部大戏，合影时您还都是站在同一个位置上，这也算得上一项世界纪录了吧。"

和写歌词、搞晚会等相比，我更喜欢看老爸创作戏剧，也可能由于不仅写戏辛苦，更重要的是排演戏剧就如同一项系统工程那样不容易，因此他写戏是越来越少了。老爸在近些年写的最后一部戏，是1991年创作的大型民族歌剧《党的女儿》，也因此荣获了全国"文华奖"。

这部大型歌剧是总政搞的，开始时剧本写了12稿都没有通过，于是老爸被借调到总政重新写剧本。由于时间很紧，在总政首长来审查时，全剧6场戏只排练出第一、四、六场，为了使首长能连贯地了解剧情，就在演完第一场后由我爸给大家讲第二、三场；讲完，接着演第四场；然后再由爸爸讲第五场，最后演第六场结束。老爸说，他当时就像个"说书先生"似的，听得大家都鼓掌叫好。

后来等全剧排练好了，领导又来审查，看过之后，对我爸说："老阎，那几场后来排出来的，没有你讲得精彩啊。"

爸爸开玩笑说："那是因为我讲的都是精彩的地方，不精彩的没有讲。"

杜鹃花呀杜鹃花，

花开满坡满山洼；

心似火焰红彤彤，

身似白玉玉无瑕。

杜鹃花呀杜鹃花，

默默无言吐春芽；

风风雨雨压不倒，

清香万里送天涯。

　　这首歌词是《党的女儿》的序曲，老爸在写完红梅花30年后又写杜鹃花了。

　　《党的女儿》公演后，江泽民等第三代共和国领导人观看了演出，并评价说："歌剧《党的女儿》给我们上了一次生动的党课……"演出后，与演职人员合影留念。合影时，爸爸站在江泽民同志身后。

　　一次，我翻看家里的老照片时，跟老爸说："我们国家三代领导人，分别看了您的三部大戏，合影时您还都是站在同一个位置，这也算得上一项世界纪录了吧。"爸爸哈哈大笑。

　　我又鼓励爸爸说："您再努努力，再写一部戏吧，和我们第四代国家领导也合个影啊。"

　　老爸笑着说："合影是提前照了，但七十多了，实在是写不动啦。"

　　"您哪儿会老啊，您离老还早。"

　　老爸一听更笑了，因为我是用了句他写的《老年进行曲》的歌词：

谁说我们年老，

我们离老还早，

阅罢沧海桑田，

今日风光正好。

踏遍青山识大道，

一路霜雪经多少，

人更豁达心更壮，

胸中容得万顷涛。

……

不过，我真觉得爸爸永远都不会老。要不他怎么写得出《走在大街上》呢，连我都觉得很潮流：

走在大街上，和风暖洋洋，

两边望一望，处处是春光；

走在大街上，心情多欢畅，

处处鲜花开路旁，排排绿荫送清香。

……

伙伴莫叹息，朋友莫彷徨，

强者走天下，踏碎冰雪霜。

……

拨开云和雾，东方见曙光，

睁开你双眼，迎接新太阳；

带着微笑看世界，为了幸福和希望。

姐姐的婚事，一直是妈妈心中萦绕不去的遗憾。

小时候很讨厌我的姐姐，长大后却变得和我挺亲近。

记得我刚上幼儿园时，姐姐逢人就说我是捡来的野孩子。等长大后，才发现我的体貌、性格、智力、脾气都像极了父母。可以说，爸爸和妈妈身上所有的优缺点都集中在我身上了。我和爸爸在一起，谁都说像；要是和妈妈在一起，人家也会说脸型和神态像。但姐姐可就怪了，一点儿也不像爸爸妈妈，而且是哪儿都不像，使我不得不怀疑，她是不是抱错了啊。

我的爸爸
MY FATHER YAN SU
阎肃

姐姐人长得漂亮，在上大学后，追求者众多，且大多是研究生、留学生一类的，妈当时作为"参谋长"，都快挑花眼了。可恋爱这事儿，真不能以常理度之，大家都认为好的，当事人可能瞧不上眼；大伙儿全看不上的，没准还被人爱得死去活来的。

姐姐就是这样，那么多优秀的她不要，非要和一个实在是算不上好的人好。就因为那人能陪她打桥牌。姐姐自从大学快毕业时迷上桥牌后，这几乎成了她一生唯一的爱好。她很早就拿过全国冠军，又进过国家队，得过一堆奖杯、奖牌的。所以，能陪她打桥牌，竟成了最重的砝码了。

爸爸为人谦和，不会因为谁其貌不扬而轻视，虽说偶尔会放出一两句"哈哈"调侃之词，但不会真的给人有压力；也不会因为某人没什么本事，穷光蛋一个，就全盘否定。老爸觉得，只要人品好就好，其他都是小事。他对人的要求，真是到了清汤挂面的境界。

后来，姐姐终于没有听妈妈的话，还是和那人办了登记手续。妈妈也只好听之任之了，女儿总不能不要啊。

在这种情况下，婚礼也就"稀里马虎"了，只是家里人象征性地在一起吃了顿饭，就如同吃了一顿"工作餐"似的。饭桌上，妈妈的心情我不太知道，或许还是有些酸涩吧，但爸爸明显没有丝毫的不满，红光满面的，还给姐姐他们朗诵了一首即席作的诗《金红的玫瑰》：

> 金红的玫瑰，摘下一朵，
> 我祝福你们，也祝福我；
> 芬芳的心香，袅袅生起，
> 我祝福你们，也祝福我。
> 相逢是缘分，有缘莫错过，
> 茫茫人海里，知音最难得；
> 我祝福你们，青春永欢乐，
> 好运时时有，成就日日多。
> 掌声会过去，鲜花会凋落，

唯有好心愿，彼此能寄托；

我祝福我们，年华永不老，

下次再相会，一定更快活。

听爸爸念完，姐姐已被感动得"一塌糊涂"了。

饭后，爸爸又在我们的起哄下，唱了首英文老歌《whenwewereyoung》，唱得可好听了。

9年后，姐姐离婚了，事实证明，还是妈妈的眼光正确。一直以来，年轻人总是因为不听父母的话而付出代价，但如果这代价是青春的话，那未免真是很遗憾了，可人生大多又都是这么过来的。

21. 从我记事起，别人就叫爸爸是"阎老肃"，后来成了"阎老"，如今老爸基本上被官称为"老爷子"。

从我记事起，听别人称呼老爸就已经是"阎老肃"了，也不知为什么中间要加个老字，也许是出于尊重，也许是因为爸和我都属于年轻时就显得"面老"的人。十七八岁时，看上去像二十多岁；二十多岁时，像三十多的；一直等到真的三十五六岁时，面相才终于接近实际年龄了。好在从这儿以后也不怎么变了，倒是能在后半辈子经常被人夸年轻了。

改革开放后，又开始尊师重道，于是对爸爸的称呼改为了"阎老师"，再过了些年，进而成了"阎老"。进入上个世纪九十年代后，老爸基本上被官称为"老爷子"了。

成为了"老爷子"后，老爸就常念叨自己已入"耳顺"之年，什么话都能听得进去，不慌不乱，当然同时也就能坦然地接受各种吹捧、马屁之声了，倚老卖老嘛。

来家里看老爷子的人不少，大多是又客气又恭敬，赞美声不断，老爷子于是乎也顺着"高音"云里雾里的转一圈，得意之余哈哈大笑。有时我恰巧遇到，也会在一旁暗笑：人老了，就真像小孩了，何况老爸这种从未真正脱去过童真的呢。老爷子乐是乐，并不"晕"，有时客人走后，他会说："我哪有那么'高'啊，那说得也忒神了，哪有的事啊。"

国宝一级的"老爷子"

我一听，遂上前搂肩搭背地"拍"上几句："还是阎老行啊，马屁拍到您这儿都没什么用，您永远是俩字——清醒。"

"那当然，我现在就像那'入定'的高僧，不是清醒，而是很清醒。"

"没错，老爷子这水平就是不一样。"

"哈哈，"老爷子立马明白过来，"你小子少来唬我，不过话说回来，这好话谁不爱听啊。"

"您哪!"

"别，我爱听着呢。"

老爷子对找他帮忙的人，总是本着能帮则帮的原则，但对于来"求师"的，就略显冷淡了。

一直以来，有不少想在歌词界发展的年轻人，会将作品寄给老爷子，希望能得到指点、修改，更希望能帮他们推荐出去；还有一些直接上门请教的，但老爷子对此并不太热心，有时还会泼泼冷水。对于请他帮忙改"作业"的，他干脆哈哈地说："不是不行，而是根本不行。"对此我开始有些不解，会问："老爷子啊，你就帮人家改改又怎么了。"

一听这话，老爸立马正经起来了，说："其他事都好帮，但艺术创作上没法帮。"

老爸认为，在创作这个领域，必须要靠自身的积累、用功、努力，而且一定要经过投稿、退稿、修改、再投、再退、再修改这个过程，谁闯过去了，谁就能成功。如果仅仅想靠一两位名家指点指点，推荐推荐，就算这个作品名家帮他改好，推荐出去用上了，又能说明什么？而且以后呢？你不照样还不是没自己的真本事吗。

"生活不会欺骗你。"老爸很信这句话。他认为的生活，一是认真观察思考生活，刻苦学习各方面的知识；二是老老实实地全身心地投入艺术实践。结果肯定是投入多少收获就有多少。

爸爸自己没有靠家庭，靠其他什么人，就是靠自己的努力，做到了今天的成就。他也曾把自己的一点心得总结为《写词一得》：

> 构思词时，总先想想，
> 意境可深，受众可广；
> 角度可新，韵味可爽，
> 情感可真，力道可奖。
> 读万卷书，行万里路，
> 厚积薄发，唯实是务；
> 捷径勿图，心中有数，
> 身体力行，大有好处。

他曾说，中国的许多年轻人什么事都想学美国青年，只有一样不学，那就是自立。美国青年大多在进入大学后，就开始勤工俭学，拼搏奋斗了；而国内的年轻人，拈轻怕重，习惯了伸手、依靠，有的到结婚、生孩子时，还依赖父母呢。

的确，现在社会上，走"捷径"已成了风气。自认为只要认识一到底是爸爸喜欢和美人照相，还是美人喜欢和爸爸照相，还真说不清。

两个当官的或名家，帮着说说话，就能达到事半功倍的效果，当然有人也真的做到了。但可能也仅仅能维持一瞬间，自己要是没真本事，穿上龙袍也像不了太子。要想做出好的成绩，写出好的作品，还是要多付出努力才最为现实。像爸爸写的《长城长》，要是没有厚实的文学底蕴可真是写不出来。

都说长城两边是故乡，
你知道长城有多长，
她一头挑起大漠边关的冷月，
一头连着华夏儿女的心房。
都说长城内外百花香，
你知道几经风雪霜，
凝聚了千万英雄志士的血肉，
托出万里山河一轮红太阳。
太阳照，长城长，
长城啊雄风万古扬；

你要问长城在哪里，

就看那一身身绿军装。

……

这首爸爸作词、孟庆云作曲的《长城长》获战士最喜爱的军旅歌曲奖和全军文艺奖。后来爸爸又写了它的姊妹篇《黄河黄》、《长江长》。好家伙，整个绕了中国一圈。

有专家评价爸爸的歌词是白话不白，大白话里又透着古诗词的韵味，在艺术上是最随意，最自然的流露。但就是再"白话"，爸爸受古诗词的影响还是很大，像他就写过好几首从一排到十，又从十回到一的歌词。如歌颂空军的《天兵》：

一轮朝阳起，

两翼穿云随，

三尺红霞铺坐垫，

四季清风身后追；

五音鸣天籁，

六弦手一挥，

七彩长虹开大路，

八方呼啸卷惊雷；

九万里山河收眼底，

十万丈高空显英威。

……

经过十几年的改革开放，中国的综合国力有了显著提高，同时也开始谋求在国际社会上，享有更高的威望和声誉。在这种大环境下，北京开始了第一次申办奥运的工作。当时北京乃至全国人民，对"申奥"都怀有极高的热情和信心，绝大多数人都认为"申奥"一定会成功，这当然也是源于国有体制下而产生的一种固有的思维观念。

老爷子也是，他信誓旦旦地说："申奥肯定能成功，都已经'定'好了，那跑不了！"老爷子固执地认为，他所信奉的组织和政府决定要办的事，就肯定没有不成功的。我却认为第一次申办成功的机会不大，当即和老爷子打赌100块钱看谁能赢。他很爽快地应战，觉得我简直如同一只笨鸟往枪口上撞。

在全国人民沸沸扬扬、热热闹闹大搞"申奥"之际，老爷子也为申办添了一把柴，创作了一首《五星邀五环》：

> 五星邀五环，北京连四海；
> 中国正开放，长城敞胸怀。
> ……

这首歌当时被定为"申奥主题歌"之一，弄得老爷子底气更足了，每次见到我，都会劝我不如先认输算了，说认输了可以少收50元，我却坚持着。

在奥委会宣布结果的那天晚上，北京电视台特意搞了台同步现场直播的晚会，老爷子参与了晚会的策划，为以防万一，特为晚会准备了两套方案：一是欢歌笑语，舞龙舞狮地大肆庆祝；另一是简简单单，总结经验再接再厉。

当时晚会与投票现场一直是同步进行的，开始是一些歌舞等垫场节目，不过因当时的通讯条件有限，晚会也只是通过直播的电视画面，注视着那边投票现场的情况。随着几轮投票下来，现场气氛越来越紧张，最后轮到奥委会主席萨马兰奇先生宣布最终投票结果，这时晚会的主创人员们，也都紧张地盯着电视屏幕。"老萨"上了台，并没有像中国人的说话习惯那样，直接宣布获胜城市，而是先客气地称赞了积极参与申办的其他几个城市，像北京等等。可是他的这一说话方式，让晚会现场这边都不太精通英语的人们全误会了：看着"老萨"上台，开口后不久就念出了"BEI JING"这个单词，大家英语再不行，但这个词总是听得懂的，一听"BEI JING"，大家立时沸腾了，都以为"老萨"是在宣布胜出城市，哪想得到是这位老先生上来先说的客气话啊。

现场一乱，更没有人听"老萨"后面的话了，晚会导演立刻和老爸来了个热情的拥抱，并大喊着："阎老，咱们成功了！"于是，准备好的"狮子"们舞着上了台，锣啊鼓啊敲得山响，大家那份高兴劲就别提了。

老爷子也开心，但终究上了岁数的人多了几分沉稳，他又多看了几眼那边的电视直播，却越看越觉得不对，先是觉得这些外国人也太友好了，咱们北京赢了，他们怎么也那么高兴啊？再看中国代表团，也显得太谦虚了，也不笑。再后来，荧屏上中国代表团里有人开始哭了，老爷子明白过来了，赶紧叫停。

经过了几分钟的热闹，又恢复了半静，锣鼓停了，"狮子"们也下了台。主持人上台简单说了几句第二套方案的台词后，晚会草草收场。

那年"申奥"没成功，让很多人都很失望，更有人气愤地说，以后再也不申办了。老爷子在事后，倒显得很豁达，说："输了就是输了，要输得起，以后再来嘛，又不是这次奥运结束，地球就不转了。要真是不转了，也就真不用再申办了。还转，咱们就还有机会。"

老爷子说得很豪迈，认赌服输的劲儿就像刚从澳门回来似的，可输我的那100块钱，到现在，我也没拿着。

20世纪90年代初期，国内开始兴起游戏机热，"任天堂"当时誉满全国，当时著名的游戏有"坦克大战"、"魂斗罗"、"超级玛丽"等很多种，我也把游戏带回家，给老爷子买了一套。他喜欢得不得了，一空闲下来就玩会儿。

开始时，老爸也喜欢玩打仗和那些难度比较大的，但玩"魂斗罗"几个回合下来，老爷子发现自己已不太擅长"摸爬滚打"，"摆枪弄炮"了。而像"超级玛丽"那样蹦蹦跳跳、躲躲闪闪的，他也觉得力不从心，不能保持长时间都那么身手敏捷。而且某一"关"中有一个大沟，他怎么也跳不过去，经常胳膊、腿都跟着使劲儿，快把手柄连线拉掉了，还是跳不过去，老爷子只好放弃了。

对游戏痴迷的人很多，我有一同学和他爸爸，就属于这种狂热的发烧友。听说他们父子一起玩一个非常难的游戏，他们一关、一关地打下去，但被一个关口卡住了：有个暗堡怎么也打不下来。一个月下来，把这父子俩急得抓耳挠腮的，直到了吃不好、睡不好的地步。好在皇天不负有心人，一天深夜，同学的爸爸又玩到这暗堡前，机缘巧合地随手一摁，误打误撞地摔在一个沟里，竟然躲过了暗堡里射出的子弹。就这样"灭"掉了暗堡过关了。同学爸爸高兴坏了，也不管已是凌晨3点，还是立刻把儿子叫醒，告诉这一特大喜讯。

和他们比起来，老爷子在玩"电游"上，就属于遇困难就退的那种了，凡是难掌握的，他就玩得少；那些容易的，好操作的，老爷子就越玩得得心应手。有些"玩"熟了的，再加上点技巧，就更得意异常。

老爷子当时玩得比较多的，是"俄罗斯方块"，玩得越来越熟，有时遇到我回家，他就越发要"表演"、"表演"，故意夸张地摆动手臂，

老爸不是每次都非穿着军装打游戏。当然，这可以提升他的战斗豪情。

做出各种高难度的动作。但他有时也会拉着我，让我从头到尾演示一遍"超级玛丽"的过关。在我玩儿时，老爷子站在身后，比我还紧张，看到新的画面或怪物时，都大呼小叫的，害得我经常出错，他却哈哈大笑、幸灾乐祸。

再几年后，社会上又开始流行电脑游戏，我就给家里买了台电脑，老爸又开始迷上了电脑里最容易上手的纸牌游戏——空当接龙。这一"迷"就是好多年，直至今日。

老爷子玩"空当接龙"，据他自己讲，已到了出神入化的地步。每天不忙时，或忙中偷闲，都要玩一会儿，喜爱程度到了就像那是每日必做的功课。回家时常会见到老爷子坐在电脑桌前，玩得津津有味。若我站在他身后，观看一会儿，老爸还要摆出一副莫测高深状，俨然一位武林高手。而且他总会故意制造出些紧张空气，让我误以为牌已无路可退，正要大加嘲笑时，老爷子"嘿嘿"一笑，亮出几招早已计划好的雕虫小技，扬长而去，口中念道："山人自有妙计，非尔等凡夫俗子能窥豹矣。"我不得已只好跟着吹嘘几句。老爸得意之余，总不忘"卖弄"一下他那些"惊人"的连胜纪录，开始我不明就里，一看吓一跳：这"连胜"也太多了，把把都开啊。后来我才知道，原来爸爸遇到解不开的牌时，他就把这副牌挂着，也不摁"结束健"，只去重新再开一局，这样电脑纪录上就继续着解开的盘数，那副解不开而挂在那儿的也就不了了之了。电脑还是比人傻。

老爷子的童心在看电视上更表现得淋漓尽致。他一直很爱看"港台"的枪战片，经常让我找来给他看。那时候，不像现在这样满街都是VCD卖，当时只有录像带和LD大碟，而且只在大的音像店有卖。我当时花了不少钱购置这些电影，拿回家给老爸，他看得也是激动异常，时而连声大笑，时而突然惊呼："哎哟，我的妈啊！"把在隔壁屋干缝纫活儿的妈妈，吓一大跳，骂他道："你吓得我针都'跑'了，那么大人了，看个电视还喊来喊去的。"

"那个人一斧子把手指头'剁'下来了，好家伙，哎，你也来看看啊。"

"我才不看那些，再说，那谁干活儿啊。"

"看完再干嘛，急什么啊。"老爸说得很诚恳。

"得了吧，没给你缝好扣子，待会儿你又得瞎叨唠。"

"谁叨唠啊。"

"你就看你的吧。"

"我这不是心疼你嘛！"

"呸！你就知道嘴上说，就从没见你干过活儿。"

"哎哟！好家伙，这一枪又把眼珠子打出来了。"

"真讨厌！你又吓我一跳。"

姐姐结婚后，并没有想要孩子。她人比较懒，又贪玩儿，而且整天要打牌、比赛的，有孩子也照顾不来，甚至都想过一辈子就不要孩子了。可到了1995年，姐姐突然发现怀孕了，就跑到医院准备把孩子

这张照片是牛群给照的，曾参加过"牛眼看家"摄影展，题目叫《阎肃今天不严肃》。

169

打掉。手术前做"B超"检查后，医生拿着片子说："你怀的是双胞胎啊！"姐姐觉得自己做不了主了，就给妈妈打了电话："妈，我怀孕了，医生说是双胞胎，您说要不要啊？"

"那当然要啦！"妈一听都快急了。

"那生下来，谁养啊？我可没时间管。"

"好，好，孩子都由我来管。"

就这样，孩子留下来了。但因姐姐事先没打算要孩子，也就没有去计划生育办公室体检并办理准生证等手续。现在怀孕后再去体检怕过不了关，就叫我找了个体貌相近的朋友，代替姐姐去体检并领取了准生证。

到了年底，姐姐生下了被妈妈保住性命的龙凤胎，因为早产了近两个月，孩子很小，男孩三斤一两，女孩还不到三斤。

妈妈和老爷子高兴得不得了。有些朋友听说后，都来道贺，并给老爷子戴"高帽子"，说之所以家里能生下一对龙凤胎，都是因为您二位老人的心肠好，做好事多，常常积德行善，云云。把爸爸妈妈说得心花怒放，并认准了就是这么回事，也不管科学不科学了，把功劳堂而皇之地记在了自己身上。

孩子在给爸爸妈妈带来愉悦的同时也带来了操劳，"功劳"是俩人的，但操心的事是妈妈一个人忙活。有时晚上怕影响爸爸休息，妈妈就带着俩孩子到小屋去睡。老爷子也是真忙，又是策划春节晚会，又是撰稿啦，那几年他搞了很多大型晚会，像《红旗颂》、《回归颂》等等，还要应邀写歌词，忙个不停。

1995年的春节晚会，当时是在全国范围内征集晚会歌曲，群众也很踊跃，共收到两千七百多首应征歌曲。但能用的不多，最后爸爸只从中挑出一首，就是《咱老百姓心里真高兴》，并帮着改完后请人谱曲。可台里觉得这征集了半天，就只有一首也未免太少了，在晚会上也显得单薄啊，于是就由爸爸加写了一首，也算做评选出来的春节晚会歌曲，好在推出后还挺受欢迎，这首歌就是《万事如意》：

　　　　三百六十五个夜晚，

　　　　最甜最美的是除夕，

　　　　风里飘着香，雪里裹着蜜，

　　　　春联写满吉祥，酒杯盛满富裕。

　　　　红灯照，照出全家福，

　　　　红烛摇，摇来好消息；

　　　　亲情乡情甜醉了中华儿女，

　　　　一声声祝福送给您万事如意。

　　后来有朋友开玩笑说："《万事如意》明显是走了'后门'啊，你爸是自己选了自己的歌啊。"我笑笑，那倒真算是走了"后门"。但不走"后门"的，也能拿奖，在参加上海电视台的征歌时，老爸和孟庆云合作的《东海明珠》可就真是实打实的一等奖了，在全国范围内的评选中，这首歌被群众和专家均评为一等奖。

老爸到哪儿都受欢迎。

……

黄浦江头月色浓，

辉映着不夜城，

拂去沧桑霜露冷，

几度执着望春风。

……

捧出东海明珠，

映照出太阳红，

让炎黄子孙的热血，凝聚起我们的长城，

化作吴淞海上朝霞，给我上海光荣。

在颁奖典礼上，孟庆云跟爸爸商量说："阎老，待会儿上台领奖，要是需要发言就由您来讲吧，我上台容易紧张。"爸爸满口答应："没问题。"

一会儿上台领奖，奖杯是用水晶球做的，他们俩一人抱了一个。领完奖，也没有让讲话，爸爸就往台下走，快走到台口时，主持人突然把走在后面的孟庆云给拦住了，非要让他和观众说几句，爸爸这时就听见"咚"的一声，回头一看，是孟庆云一紧张把水晶球掉到地上了。因水晶球挺沉，砸在木制的舞台上声音听起来很响，爸爸心说：这可不怨我啊。主持人赶快帮着把水晶球捡起来交还给他，爸爸憋着乐紧走了几步，到了台下，这时听着孟庆云说："同志们……"紧接着又是"咚"的一声，球又掉地上了。

说起老爷子的胃口，那真只能用北京的一句土话形容：简直是"没治"了，基本上就到了没有他不爱吃的东西的地步。

我小时候还以为是因为妈妈做菜手艺好，所以老爸才那么能吃。后来才慢慢发现不尽然，祖国各地，大江南北，不管是高档餐厅还是普通饭馆，单位的大食堂或者下部队的招待饭，老爷子到哪儿，都是胃口奇佳，一通狂吃，而且几十年如一日，直至今日，还是那么"来者不拒"的，真是厉害。

老爸一直以来就是爱吃饺子爱吃肉，说什么白菜猪肉饺子一天三顿不烦，五花三层红烧肉吃多少都不腻，还有红烧肘子，四喜丸子，天福号的小肚、酱肉等，他都喜欢得要命，是真不怕腻，有时还专捡肥的吃。上了岁数以后，妈妈会时常提醒他要注意胆固醇等问题，少吃油腻的东西，可老爸答应归答应，吃起来时就全忘了。他还总是把几种菜同时都放到碗里，搅和在一起，吃得狼吞虎咽的。妈妈说，那么吃还能吃出菜味来吗？老爸却说，就这么吃才最香。

他也喜欢吃面条，基本上是两个做法，一是炸酱面，老爸喜欢妈妈做的酱，比较淡，鸡蛋和肉丁也放得更多些。吃的时候，他故意摆出很"老北京"的样子，边吃边指点我说："你怎么也不放'菜码'啊？那还叫吃什么炸酱面啊！"说着把一碟碟的黄豆芽、黄瓜丝、萝卜丝等都"扒拉"进碗里，吃得又香又快。另一种就是牛肉面，妈妈要先做好一锅红烧牛肉，再煮上面条。爸爸这时有讲究了，一定要吃宽条的，也不知他从哪儿学来的，还总嘲笑我说："你吃的那种细面条根本就算不上牛肉面，正宗的全是宽的。"

爸爸一直很爱吃松花蛋，他称之为皮蛋，是南方的叫法吧。每次和他一起出去吃饭，我都会点上一小盘姜汁松花蛋给他下酒。

但老爷子自己念叨最多的，还得说是豆浆、油条。老爸说，刚参加革命在部队时，最想的就是油条了，常想着，等以后条件好了，要弄它一抽屉油条慢慢吃。在我们大院的食堂，每周有一天的早餐是豆浆、油条，直到现在爸爸依然是，一到那天，再懒也会爬起来去食堂吃早饭。

有一年，我和几个香港的朋友在上海吃"永和豆浆"，觉得挺好，就想起老爸肯定也喜欢吃。因那时回北京的时间不多，以为北京没有这个店，还和朋友说以后要带我爸来上海吃一顿这里的油条。朋友不解地说，北京也开了很多家，干吗要去上海？我这才知道。回北京后，真的带老爷子去了一家店吃，他说，的确好，就是人太多了。以后就没再去。

要是说出一样老爸不爱吃的，那就只能说是他自称的：他不吃红烧羊肉。老爷子不止一次地宣称，自己从小就不吃羊肉。但妈妈采取的对策也很简单，就是如果做了一盘红烧羊肉，告诉老爸是牛肉就行了，他根本就分不清，照样愉快地"一扫而光"。

　　在中国很多家庭的饭桌上，都会有　位负责"打扫战场"的人，老爸在家里就是经常完成这一光荣的任务。他说，他的胃就像一个垃圾桶，多点儿少点儿都能装得下；还说，厨师最高兴的，就是做的菜被全部吃光，所以最好别剩。妈妈要是说哪个盘里就剩这么一点儿，谁能吃干净啊？不用问，准是老爸"上"了。有时还真担心他会吃撑着了。

　　爸爸这些年因为常上电视，我说他都快成电视明星了。

　　开始是有一些访谈节目要他去做嘉宾，爸爸碍不过朋友情面，都是尽量去捧场。老爸好像天生就有面对镜头的能力，从不紧张，一味乐呵呵的，谈笑自若。这时老爸知识面广的优势也就显现出来了，什么领域都能谈上三五句，而且还都能说到"点"上，让观众看着不烦。老爷子偶尔在家里也会自我吹嘘一下，说像他这样五花八门，样样都

阎老一身大汗，还得接受采访，实在够辛苦的。

知道的，并都能说得出"道道"来的，还真不多，靠的就是平常多读书，多看报。这点我还真是很佩服他，虽不敢说老爷子上通天文、下知地理的，但是世界上发生的大事小情，他还都能知道，你就是说出最新潮的一些港台小新星，他也居然耳熟能详。当然也有"马失前蹄"的时候。

在第九届中央电视台青年歌手大奖赛上，爸爸做文学素质评委。比赛间隙，彭丽媛和蒋大为都和爸爸开玩笑说："阎老师，您怎么老是给那些好看的女歌手打高分啊，对人家那些男歌手就尽是挑毛病。"

"哈哈。"爸爸笑了。比赛继续进行，正巧上来个男歌手，爸爸回头看看彭丽媛他们，故意对着那男歌手露出温暖的笑容。当时的题目是问："《水浒》一百零八条好汉中有哪三个？"那男歌手答说："宋江、晁盖、林冲"，爸爸这时正保持着微笑状，脑子里尽想着要对男生好呢，想都没想就表示：正确。不想，不到两分钟，现场打进来好几百个热线电话，有小朋友说："阎爷爷，您错了，晁盖早死了。"哈哈，爸爸赶快纠正。

这男歌手下去后，又上来一个漂亮女孩儿，爸爸一看，心想，不能对她宽松啊。题目是："《清明上河图》是哪个朝代的？"这女生答："宋代。"不巧的是，这时屏幕上显示出的标准答案搞错了，写着明朝，爸爸又没多想，顺嘴就把漂亮女生否定了。于是又有几百个电话打进来："阎爷爷，您又错啦！"弄得爸爸又赶快更正。老爷子回家后说："人民的眼睛真是雪亮啊，小孩子们的眼睛更亮。"

老爸对电视台的工作还是很认真的，也不会因为事大事小而有所不同，只要是他答应的事情，就一定会本着对电视台、对观众负责的态度，认真准备。

有一届青年歌手大奖赛爸爸作为嘉宾，每天要到现场参加直播，他都精心准备，不辞辛苦。一天去电视台的路上，突降暴雨，不巧的是，送老爸的车还意外的坏了。这时路面的积水已经很深了，而且路上根本没有出租车，老爸看时间也已经来不及换车，为了不耽误直播，就干脆下车冒雨徒步向电视台走去，浑身全湿透了。好在没走多远，有一位好心的司机认出老爸，就主动把老爸送到了电视台，大家都很感动。

随着中央电视台举办的几届青年歌手大奖赛，每届都请老爸担任评委或嘉宾，在电视上露面的机会也就更多，弄得很多老百姓也开始认识他了。有时出门，经常会被周围的人认出，拿他当明星一样，向他索要签名并合影留念。有一年，爸爸同几位作家到贵州遵义采风，在赤水市金沙桫椤保护区内，这是一个连手机信号都没有，甚至连有线电话都难找的穷山沟，老爸竟然还多次被脚夫认出，他不无感慨地说："由此可见这里的人们都很关心文化，这就有了文明的希望。"

这一两年，我和老爸出去吃饭，总会遇到邻桌的人向他热切地张望，而且老爸天生一副随和的样子，不会让别人望而却步，人家会走上来说："您是阎老师吧？"爸爸都会温和地点头笑笑说："没错。"来人又说："能不能麻烦您留个签名啊？"爸爸都会爽快地答应，不会

老爸的嘉宾生涯，漫漫长路啊！

因此觉得有丝毫的打扰和麻烦。

有一些亲朋好友也经常为孩子们找老爷子要签名，会特意买一个精致的留言本，送到家里。爸爸这时都会很认真地对待，不仅仅是签上大名，还一定要根据那个孩子的姓名，琢磨出几句话来，带着诗韵，才算完成任务，从不糊弄。但有时候写完后也会和我开玩笑说："那孩子最少得再过8年，才能完全看懂给他写的是什么。"

人要是忙就会引来全方位的忙，参加的各种社会活动也是越来越多，就连婚礼都不例外。很多亲朋好友举办婚礼，都一定要请老爷子到场。说他出口成章，请他在婚礼上说几句，气氛一下子就能热闹起来了。这倒真是，记得姑姑的儿子结婚，老爸去了，作为证婚人为新人讲了一段祝福的话，把新郎、新娘感动得热泪盈眶不说，姑姑、姑父竟然都快把这段话背下来了，受欢迎程度可见一斑。

但老爸每当提起便觉惭愧，说："不能老是参加婚礼了，快露馅儿了。我一年参加太多婚礼，再出口成章也没那么多词儿啊，又都是这一类事，也就把词儿来回组合组合，要是有人跟着我多参加几次，就发现这秘密了，哎，你可千万别给我说出去啊。""哈哈，放心。"我答应道。我一直还真没说出去，只是这回给写在书上了，这也不算对老爸食言吧。

22. 爸爸一生得到过无数的荣誉，可他把名利看得很淡。他常说："得之淡然，失之泰然，顺其自然，争其必然。"

1997年的一天，我当时在外地做生意，吃中午饭时，一个同事跑过来和我说："江主席给你老爸授了二等功。"我问："什么功啊？"他又说不清了。等到晚上看报纸，才知道是当时中央军委主席江泽民同志签发通令，给4个军级以上的单位和个人，授予军功奖励。当时有一个单位集体被授予三等功，爸爸被授予二等功。通令说，阎肃同志几十年来，辛勤耕耘，创作了一大批深受部队官兵和广大人民群众喜爱的优秀作品，共获得全国性大奖11项，全军性大奖12项，为繁荣部队和社会的文艺创作，做出了突出的贡献，为表彰其功绩，中央军委决定给阎肃同志记二等功。这是有史以来，军委主席第一次为文艺战士签发立功通令。

后来问起老爸，他很平静地说，当时空军往军委报，是给他报的三等功，等到批下来竟是二等功，真是没有想到，这在文职干部中是非常罕见的。

虽然爸爸说得挺简单，但我想这次授予功勋，是中央军委对老爸的一生，勤勤恳恳、任劳任怨，并做出相当多成绩的肯定，老爸心满意足了。

爸爸一生得到过无数的荣誉，他的作品也获得过很多奖项，在我们家里摆着很多爸爸得过的各种奖杯、奖牌。但老爸从没有因此过多

空军首长给老爸挂上军功章。

的沾沾自喜，他常说："得之淡然，失之泰然，顺其自然，争其必然。"可以说老爸把功名看得很淡，这倒并不是说他比别人多了多少高风亮节，而是他真正做到了清心寡欲。

就拿我们家分房子来说吧，这么多年来，单位每次按规格分房，都是让老爸先挑，但老爸向来都是无所谓的，住什么房子都觉得挺好，生怕给组织添麻烦。前几年，上级领导给空军的一些军以上干部重新调整住房，爸爸一直也没太上心，觉得搬不搬都好，甚至连新房子都没去看过。他的这种态度也影响了家人，连我们也都无所谓了。后来，还是当时的团长仇非在院门口遇到我，和我说："告诉你妈，房子可以不要，但总应该去看看。"我把这话告诉了妈妈，妈妈看过之后才决定还是搬家吧。照例，装修、搬家等事宜爸爸还是一概不操心。

老爷子的记忆力一向很好，不仅是诗词，其他一些很久以前的人和事，他都记得清清楚楚，他说这是一直常用脑的结果。我说，我的记忆力也很好，是因为从小妈妈老给我吃鱼和鸡蛋的结果。老爸听了大为嘲笑，并立即考我，问："上午来的客人叫什么名字？"

"这个，嗯，好像是，反正名字肯定是三个字的。"我立刻被这突然的问题难住了。

"废话！三个字，你这个回答就和没说一样！"老爸更得意了，"看来鱼和鸡蛋还不够啊，我没怎么吃，

和蔼的老将军

只是经常用用脑，就比你强多了。你的记忆水平就如同有本书里写的一个人：说，从前有个人，游览一个古寺回来，和大伙儿说古寺门上的一副对联写得非常好。大家忙问：写的是什么啊？他说，这上联嘛，我没太记住。大家又问，那下联呢？他说，下联是，好像是，什么，什么，什么春！"

"哈哈，我哪有那么差啊。"我被逗得大笑起来。

老爸却一本正经地接着说："差不多，差不多，估计他也是每天吃鸡蛋和鱼长大的。"

记忆力好得如此不得了的老爸，什么都记得清楚，可在提到自己的生日时却模棱两可了。你要问他生日是哪天，他准会含糊地说："好像是五月初九，要么就是初十，还有可能是六月初九。"好家伙，一个生日他能说出三个日子来。

1995年5月9号，由中国音乐文学学会、词刊编辑部、空军文化部、空政文工团联合召开了"阎肃歌词作品研讨会"。那天会议室里坐满了词作家、剧作家、作曲家，还有空政文化部的历任部长黄河，孟繁锦，

在"阎肃歌词作品研讨会"上，大师们的合影。

老爸66大寿的全家福。前排左起：四婶、姑姑、二婶、妈妈、凤凤、龙龙、爸爸、二叔、姑父、四叔；后排左起：表弟妹、表弟、姐姐、姐夫、表妹夫、表妹。人家都是成双成对，就我孤独一人。

何立国同志，文工团团长仇非，政委陈金发，中央电视台文艺部主任邹友开，副主任郎昆，歌唱家彭丽媛等都来了。研讨会由词刊主编晓光主持，会议刚刚开始，歌唱家李双江就让人送来了一个大花篮，接着佟铁鑫、郑莉又捧来个精致的礼盒，研讨会开得红红火火的。总政文化部长刘晓江，还有乔羽、时乐濛、徐沛东、王晓岭、姚明、姜春阳、孟庆云、石顺义、丁家岐等四十多位词曲界的大师们做了专题和即兴发言。下午，又有老爸的一些朋友导演赵安，武志荣等送来花篮。跟爸爸合作多届春节晚会的著名导演黄一鹤从"世界乒赛"发来贺电，写道："喜闻阎公作品研讨会隆重举行，遥致深深祝贺！岂能忘那无数长夜，君我对坐，寒茶一盏，聆听教诲之情景，公乃吾兄长师长也。遥立津门，翘首京都，再次祝贺公之研讨会圆满成功！"参加和目睹这个研讨会的人都被那天会场的气氛所感动。爸爸的老领导黄河伯伯说："我们真为阎肃自豪！"作曲家王立平在慕尼黑表示，"要向阎肃同志学习"。老爸那天很是开心，常把那次研讨会说成是他过65岁生日。

从我记事以后，老爸真正只过过两次生日，第一次是他66岁生日那年，我们家很多亲戚都来了，二叔、四叔一家还从昆明、重庆赶来，大家热热闹闹地吃喝了两天，姐姐还给他包了66个小饺子，都祝愿老爷子六六大顺，让他心情极其舒畅。

第二次是2000年6月，那年是老爷子70大寿，我们全家人都挺重视，空军首长也非常重视，提出要由政治部牵头给老爸过生日。这下倒让老爸觉得惶恐不安起来，他很怕给组织上添麻烦。

在生日的前一晚，我们全家及姑姑、两位叔叔家的亲戚全都到齐了，提前给老爷子拜寿，大家都准备了不少生日礼物，他老人家高兴得多喝了不少酒。

第二天一早，空军首长亲自来我们家里向我爸祝贺生日，并送了一个很大的生日花篮，老爸非常高兴。上午由空军政治部、宣传部、文化部共同为老爸组织了茶话会，我们家人也参加了。会上政治部的首长及很多爸爸的老同事、老战友都发言，表达了对老爸的祝福及感慨。老爸也说了几句，他说没有部队，没有组织就没有他的今天，他觉得他所做的一切远远不够，而组织上对他的照顾太多了。说到这儿，老爸指了我一下，继续说："那是我儿子，他写过一首歌叫《彩虹》，

老爸70大寿，空军首长来家里道贺，老爸乐开了花。

里面有两句写得很好'我带来的太少，带走的太多'，正如我现在的感受。"大家都为老爸的话热烈鼓掌。

老爸能对我随手写的歌词记得这么深，又给了如此高的评价，是我没想到的，我也感到非常开心。

中午，政治部又在空军的一个招待所为老爸安排了丰盛的生日宴会，很多部门的首长、领导都来了，和我们家人一起，祝福阎老健康长寿。那天，气氛相当热烈，大家都感到非常愉快。

在新世纪到来之际，《江姐》又迸发出强劲的生命力，先是爸爸参与改编的大型交响清唱剧《江姐》在中山公园音乐堂上演，接着又有原创交响音乐会《红梅赞》，之后，上海歌剧院又复排《江姐》，爸爸也为新版创作出谋划策。为纪念建党80周年而推出的大型现代舞剧《红梅赞》，爸爸说她是歌剧的姊妹篇，并为之写了剧情介绍。

在1964年歌剧《江姐》公演后，全国几乎所有的地方剧种都先后进行了移植演出，这种移植方便快捷，现成的剧本配上各剧种的音乐、唱腔就行了。但唯有京剧没有移植，因为京剧唱腔格律极为规矩，讲究。但为庆祝建党80周年，中国京剧院把《江姐》作为重点剧目，就请爸爸帮助改编。老爸在创作歌剧《江姐》近40年后，又重新提笔，改编完成京剧《江姐》。老爸真是和《江姐》一生结缘啊。

自1993年以后，我就一直在外地做生意，每隔一两个月才回一趟北京，回家看看老爸老妈。老爸有时会关注起我的工作，说我从小就那么淘气，现在一个人常年在外地，让人很不放心。怕我惹事，更怕我交友不慎，傻讲义气，有时候会吃亏上当。我那时一帆风顺的，也没把他的话当回事，应付应付就过去了。没想到，在2001年我竟真惹上了一场"官非"。

在我接受"审查"的日子里，爸爸妈妈都坚定地支持我。妈妈更表现出母爱的一面，特意跑来看我。可以说，妈妈这时的是非观念有些模糊，只要认为对她儿子有利的，也就不管对错了，她都会去做。爸爸却依然有很强的原则性，但同时也表现出他很男人的一面。他认为如果是儿子犯了错误，就应该也必须像个男子汉那样去承担责任。他觉得每个人都必须要为自己的所作所为负责。但是，如果儿子真的没有错误，也不能轻易被人冤枉。他对我说："风风雨雨岂能尽如人意，真真实实但求无愧我心。"还专给我写了两首短诗：

　　　　杭州西湖底，
　　　　笼囚任我行；
　　　　十年不见日，
　　　　乃有令狐冲。

　　　　春秋太史公，
　　　　武穆风波亭；
　　　　古今多少怨，
　　　　都付一笑中。

　　老爸这种笑傲挫折的人生态度，也深深感染了我，我也在困境中逐渐从一个大男孩儿变成为男人。一年多后，事实证明我没有问题，又回到了父母身边。

　　回到北京后，妈妈怕心里不踏实，要求我住在家里，以后不要到处乱跑了。我正好也乐得清闲，就在家里过着悠哉悠哉的日子，想想已经很久没和老爸、老妈在一起生活了。

　　一天，爸爸因要参加一个电视节目，节目需要他穿"唐装"，我就陪爸爸妈妈出来买衣服。老爸买什么衣服，全是由妈妈定的，需要她审查合格后才能买。我们一起先到了王府饭店，刚出电梯时，迎面碰上一当红年轻男歌星，他看到爸爸妈妈，当即叫："阎老师好！李阿姨好！"爸爸也微笑着回答，妈妈却一时没想起来他的名字，就问：

（左侧竖排）我的爸爸 阎肃 MY FATHER YAN SU

"你是哪一个来着?"弄得人家只好还得自报家门。人家走后,我直埋怨妈,说:"您一时想不起来人家的名字,随便说个好就行了,还非要问出来干吗呀。"妈回答说:"没想起来就是没想起来嘛。"妈妈的"实在"这时候真让人无奈。

在那儿买了几件衬衫T恤后,我们又转到友谊商店,这里有小半个展厅都在卖"唐装"。爸爸很快挑了两件合适的,经妈妈同意后正式拍板。有些服务员认出了老爸,爸爸也跟着点头致意。因妈妈还要挑衣服,我和老爸就陪在后面跟着转,不一会儿,老爸突然说:"我要去那边坐一会儿了,腿不行了。"我赶快扶着老爸到一旁的小茶座坐下,问他要不要紧,老爸说没事,歇会儿就好。我这时突然感到爸爸老了,是啊,都七十多岁了!在他们这么高龄的时候还要为我操心,想想妈妈前几天还对我说:"我和你爸爸都老了,你自己以后千万要小心,不要再乱交朋友,如果以后我和你爸爸都不在了,你要再出什么事,谁照顾你,谁管你啊。"想到这些话,心里真不是滋味。

老爸的身体大体还不错,他说从年轻时就有心脏病,但是一辈子没犯过;上了岁数后,关节炎倒是越来越严重,上楼梯和走路时间长了,都会引起腿痛,有时候上下车都会略显费劲,这让我很是担心。

平时在家里,老两口偶尔也会"拌"两句嘴,多数情况下,是因为爸爸要用的东西不知道被妈妈放哪儿去了。爸爸老说妈妈乱放东西,一般都用大多数北京人常用的口头禅,说:"你就会把东西满世界乱扔,我都跟你说过八回了。"

从我们小时候起爸爸就常说这两句话,到我们这么大了,也没换什么新词。我问爸爸:"干吗每次都说八回,永远都不说九回呢?"

他说:"九回就太夸张了吧。"

老爸语重心长地告诉我,他从刚跟妈妈结婚时,就试图想使妈妈变得也像他一样,把东西有条有理地摆放整齐,但妈妈总是用完了东西就随手放在一边。比如,妈妈拿个针线盒坐到沙发上缝扣子,等扣子缝完,针线盒也就顺手放在沙发旁了,爸爸看见了,准会唠叨:

"你就不能把东西放回原处，我都跟你说了八回了。"

妈妈或白他一眼不理他，或没好气地说："你没看见我还忙着啊，你就不能帮着放回去。"

"我这一辈子净跟着你屁股后头帮着收拾东西了。"老爸还得发发牢骚。

所以爸爸得出了结论：夫妻二人谁也别想着去改造对方或者改变对方，一辈子相处下来，也就是不断地包容对方缺点的过程。

老爸对好男人有他自己的定义：其一是通文墨，即要有一定的文化知识；其二是懂幽默，即说话要风趣；其三是好体魄，即身体健康，不能病快快的；其四是有绝活，即有一定的好手艺，像炒一手好菜，写一手好字，或者车开得好，等等都是手艺；其五是疼老婆，即爱情要专一，不能朝三暮四，见异思迁的。最后老爷子又发自肺腑地加了一句："男子汉大丈夫真不能没有小金库啊！"

爸爸一直觉得，夫妻间没必要事事分出高低，他常说，何必让你最亲近的人不高兴呢？在社会上都知道豁达，超脱，何况在家里呢。正如辛弃疾所言："醉里且贪欢笑，要愁哪得工夫。"我觉得老爸的这种人生认识，进退自如的感觉，简直可以算是他的养生之道了。

和和满满，老来是伴。

老爸在45岁发福之后几乎没有参与过任何体育锻炼，但他身体一直不错，绝对和这份心境有关。对于生命在于运动一说，老爸说这只是其中一派的观点，他主张生命在于静养，并举出许多例子，比如：寺庙的高僧、道士，还有趴在池边不怎么游动的龟。

姐姐的一对龙凤宝贝一直由爸爸妈妈抚养，以前我还为此埋怨过姐姐，说这样会把老妈累坏了，妈妈却说："你别说你姐姐他们，孩子是我让生的，当然我管了。"现在的孩子们和我们那时正好相反了，在学校都乖得要命，但在家里就称王称霸了，被老人娇惯得不成样子。我有时和妈妈说："您受这个累干吗？这俩孩子多麻烦呀。"妈妈竟然说："这俩孩子好带。"对此我很费解，后来还是爸爸替我想明白了："那是因为跟你小时候比，有你那闹的本事垫底儿，再闹的孩子，也算不上闹了。"

老爸现在依然很忙，真是越老越红，不仅在71岁高龄时被评为空军优秀共产党员，2002年老爸又被总政授予"终身艺术家"称号，看来真是闲不下来了。几乎每天都有事，不是请他当评委，就是请他当顾问，老爸在中国戏剧家协会兼任副主席一职，对在作协、音协、曲协等几个协会的兼职工作也非常热心，当然还有很多人请他帮忙写歌词，爸爸只要能帮忙的都会尽量去做。但让我奇怪的是，竟然还有人找老爷子求字，真不知他啥时候练的。"青岛海洋节"还把老爸写的字制作成挺精致的工艺品，爸爸写的是：

> 有量方称海，
> 无涯始为洋，
> 浮沉风月朗，
> 啸傲任沧桑。

大家评价说"蜂酿百花蜜，香甜留人间，高歌颂人民"是老爸创作生活的真实写照。人到无求品自高嘛。

有时我的朋友找他帮忙，他也很够意思。我的朋友刚见他时，一般都有些紧张，又是晚辈，就显得比较拘谨，但听爸爸说一句："我和我儿子没得说。"人家立刻就轻松下来了。

有个朋友有一天突然和我说："我觉得你爸爸心里很美啊，有很多美的东西，所以才能写出那么好的歌。"我想了想，觉得应该是，也让我想起他前两年写的一首歌《我和春天有个约会》：

> ……
> 我和春天有个约会，
> 叫美景能成真，
> 叫真景能更美；
> 我和春天有个约会，
> 让每一双青春的翅膀都愉快高飞。
> ……

去年春节，我觉得好几年没和家人一起热闹了，况且老爸又在家

我们全家和姑姑、姑父。爸爸抱着的小狗可是好久没洗澡了，他还挺高兴？

里，我就约了姑姑一家等亲朋一起吃年夜饭，几代人说说笑笑的。饭后，又都回了我们家，有打牌的，有看春节晚会的。午夜时，院里放起了烟花，老爷子还带着几个外孙出去看，回来时被冻得够呛。

我在客厅里，听着姑姑和老爸畅谈起青春往事，一会儿笑，一会儿感慨的。我扭头望去，看着姑姑靠在老爸背上，动情地说："我的老哥啊……"

老爸说，人和人之间都是个"缘"字。

我刚回来家时，跟他说："爸，我的事情让你费心了。"

老爷子看看我说："都是缘分。"

晚上，我陪着他和妈妈看电视，正看着，老爸突然冒出一句话来："你小子真是和我年轻时一模一样。"

我自从到外地做生意后，回次数越来越少了。有一次，回大院看爸爸妈妈，出来时，在院门口碰上一个乐队的小女兵。我知道她住在姐姐那套房子的隔壁，就招呼她上了车，顺路捎她一段。在车上，她问我："来空政院儿里干吗？"我说看人。她问："看谁呀？"我说阎肃。"噢，阎肃老师呀，你找他有什么事呀？"我说："他是我爸。"她惊讶地张大了嘴说："啊？阎肃老师还有个儿子呀？"

这两年常回想起小时候的情形，想起那时的爸爸，也就想着把我和阎肃同志这一生的父子情缘记录下来。后来和出版社的两位大姐聊起来，她们都鼓励我干脆写本书吧。我听了诚惶诚恐，想着我哪儿会写书啊？现在社会上的书那么多，而且人家专业作家都自谦自己为卖字的了。但我还是大着胆子背着爸爸试着写了写，于是有了这本书，现在就希望老爸看过之后，脸上的表情严肃得不要太多就好了。

后 记

　　丙戌年末，值本书初版两年际，又再版，受邀添些闲话续尾，以示纪念。

　　更值本人于将不惑之年，娶得善良、美丽、单纯之爱妻，实乃人生之大喜。

　　婚礼上，主持人问我和新娘有什么心愿，可爱的新娘紧张地直看我，我于是做了代表，说："首先，我要感谢我的母亲。以前我曾经和一个朋友说过，我和我妈不投缘。她喜欢文静、安静、干净的孩子，可我呢，正相反，一直淘气，她不喜欢我。朋友听后，瞪着眼说，废话，哪个妈喜欢你这样的啊，我要是你妈，早把你放山上喂狼了。现在我想明白了，看来我妈跟我就算很有缘了，尤其是在我前几年最困难的时候，一直坚定地支持我，所以，非常感谢我的妈妈。"说完，我向妈妈鞠了一躬。妈妈听了这话，立时流出了眼泪，我知道她感到了一丝安慰。

　　主持人又让我向岳父、岳母大人谈谈感想，我于是表忠心道："能把新娘这样的人才请回家当领导，是我一辈子的光荣。从小到大，我老爸只教我两样传家之宝，一是熟背唐诗宋词，二就是怕老婆。在外面德高望重的阎老，回到家里，地位比我也就高点儿有限，在我妈面前，那是毫无抵抗能力。怕老婆可以说是我们家传绝学，所以，请丈人、丈母娘放心，我一定把具有阎肃同志特色的家族传统，认真继承，发扬光大。"

　　在来宾的笑声和掌声中，老爸走上台，说道："今天我只关心两婚礼上，老爸朗读《伴君行》。

件事，一是台北高雄选举，蓝绿对决，好不热闹，我很是惦记，回去我就急着看结果。另一件，哈哈，就是小儿阎宇和仙女娜娜结婚，我好羡慕啊！我们那时候可没有这么好的条件，墙上就挂着个毛主席语录'千万不要忘记阶级斗争'，就把婚给结了。"说着，老爸从兜里拿出张稿纸，接着说："前些天，我写了首歌词，其实是给我老伴儿写的，儿子他妈快70岁了，想想一路走来也很不容易，所以今天呢，就想把这首歌也送给你们小夫妻，也算是一种嘱托，是一些真情实感吧。"听到这儿，大家又都鼓起掌来。

老爸抬头看看我，又看看大家，接着说，歌词名叫《伴君行》：

一叶扁舟浪花中，
去年海北，今岁江南，明朝河东，
任黄花碧水，青山红叶，白发秋风，
随你奔波这久，也算是五彩人生。
咽下了千杯喜，百盏泪，万盏情，

仍留得一颗心，七分月，三更梦，
淡定从容伴君行。
缘分早注定，心海已相通，
携手坎坷路，遥对夕阳红。
把惆怅、怨恼、寂寞、悲凉都抛却，
将忠诚、理解、宽容、和善拥怀中。
人生难得是相逢，
记得年年定情夜，香飘渺，月朦胧。

老爸浑厚的声音念完歌词十几秒，整个婚礼会场依然静静无声，大家好像都在回味，随即爆出一片热烈的掌声。我看到，来宾席上的一些人的眼睛里似乎都有些湿润了。

有这样的老爸，伴我走过这半生，还有什么不知足的呢？如果要说心愿，那就是盼望老爸老妈健康，开心，长寿吧。

婚礼上的全家福